最後的微笑

受盡壓迫的……，向死而生的勇氣

蔣光慈 著

暗無天日的壓抑生活，不甘屈於命運的年輕人

不甘、恐懼、憤怒、怨嘆

來自社會底層最熾熱的恨意與報復

目錄

目錄

一　抵抗

小螞蟻被牠的同類所欺侮了，還要拚命地抵抗一下。

一　抵抗

這是在六月的一天晚上。

夜幕籠罩得大地異常地烏黑。在天的西北角上，時飛射著金色的閃光，也就從那裡遠遠地聞著雷聲。天氣異常地悶燥，一縷風絲兒都沒有。人們都等待大雨的到來，因為天色已給了大雨的徵兆了。

在城南C路的終角，靠近麥田的地方，有兩間破敗的茅屋。茅屋的周圍：前邊一百步之遙是S紗廠；後邊是麥田；左邊不遠有幾座荒墟的墳墓，據與這些墳墓鄰近的居民說，這裡時常聞著鬼哭，發現鬼火……看起來是異常淒涼的；右邊是一帶平房，凡在S紗廠內做工的工人，差不多都住在這裡面。工人們尋不出別的納涼的方法，如果是天不落雨的時候，他們夜裡總是露宿的。每一到晚上，除開一部分工人上夜工而外，其餘的總是在家裡坐在外邊乘涼，他們的芭蕉扇與談笑的聲音，遙遙地與紗廠內的吼吼的機器聲相應和。今天晚上天氣更異常地悶燥，因之他們搖動芭蕉扇的聲音更要比往日為響亮了。

「他媽的！今天晚上真熱！」

「唉！簡直熱得活要命！」

「這樣熱，他們在工廠裡做夜工，也不知怎麼能受得了呵！」

「不受也要受，你真是說怪話！」

「你看，西北角正在打閃呢，快要下雨了。」

「唔，全才！王阿貴開除了，也不知道是哪個弄的鬼……」

「那還有別人嗎？不是張金魁是誰個？」

「他媽的！……」

「唉！天氣真熱！」

「……」

這時，當他們說南道北大家談笑的當兒，茅屋內的王阿貴正病臥在床上。這兩間破敗的茅屋，在冬天，因為四壁招風，是異常地寒冷；而在夏天呢，因為陽光的熏蒸，又異常地燥熱。病在床上的王阿貴，因為極高度的體溫與屋內極燥熱的空氣聯合起來，已經燒到頭昏腦亂神思不清的地步了。今天早晨他還是如平時一樣，做上工的預備，並不曾料到要召什麼不幸的變動，但當他一進工廠的大門時，工頭矮胖的張金魁即將他喊住，對他說道：

一　抵抗

「你已經被廠裡開除了。你自己做的事情，你自己知道，我也不必向你多說了。你要反對什麼廠主，請你到別的廠裡去反對去，在我們的廠裡，哼哼，對不起……我幸而看著你老子的面上，不願意叫你多吃苦頭，不然的話，哼哼，我報告巡捕房將你捉住，槍斃……你去罷！我們這裡你是不能再進來的了！……」

王阿貴聽了張金魁的這一番話，始而痴呆地將兩眼望著張金魁，似乎不明白他所說的是些什麼，繼而臉色變為慘白，將頭慢慢地低下來了，——這時阿貴明白了，他明白了張金魁所說的話的意義，他明白了他的一切希望都完結了。這真是如晴天的霹靂一般，喀嚓一聲，將阿貴震動得不知所措：「怎麼辦呢？怎麼辦呢？……完了！完了！一切都完了！……」阿貴似乎要哭將起來，但沒有眼淚出來。他並不覺得有什麼過度的傷心，他只是茫然，茫然……到什麼地方去呢？工作是沒有了，因之工錢也是沒有的了。怎麼辦呢？怎麼辦呢？他只是茫然，茫然……他應當向張金魁說一些哀求的或是反抗的話，但是他聽了張金魁的話後，卻不發一點兒聲響。有幾個工友上前為他哀求、為他辯護、為他抱不平、為他可憐，但是他卻沉默著，沒有一點兒表示。

他只是茫然，茫然……他很順服地走出了工廠的大門，連頭也不掉轉一下。等他走了離工廠幾十步的時候，他回轉頭來看看工廠的屋宇，似乎忘卻了與工廠辭別的樣子，於是他又回轉來繞著工廠前後走幾個圈子。他今年十九歲，從十一歲起，他已在這個工廠內做了八九年了，雖然他兒時的光陰，所謂黃金時代的光陰，都為這工廠內的機器所吞食了；雖然這工廠就同牢獄一樣，他在裡邊被囚了八九年；雖然這工廠除了痛苦和壓迫而外，沒有給過他絲毫的幸福；但是他到底與這工廠有八九年的因緣，今天忽然離開了它，未免總有點捨不得的情緒。他站在工廠外邊，看著煙囪突突地冒煙，聽著機器吼吼地響動，他不禁覺得有無限的難過。「別了，工廠！別了，牢獄！別了，我的朝夕同事的工友們！……」他終於要同這工廠別離了。但是別離了到什麼地方去呢？回家去？有什麼面目回家去呢？不，家裡回去不得！……他想道：「父親五十多歲了，害著癆病，雖然有時推小車子也可以混幾個錢，但混的總不多；母親呢，替人洗洗補補衣服，也混不到幾個錢。還有一個五六歲不中用的小妹妹！……一家大半都指望我，可是我現在被廠裡開除了，這，這倒怎麼辦呢？……他倆老人家若知道了我被廠裡開除了，那他倆將不要大大地生氣麼？……唉！算了！算了！我今年雖然才十九歲，可是我的日子也過夠了，我不如去行個短見罷。是的，我不如去跳黃

一　抵抗

浦江去，人生總不過一死，我也問不了這麼許多……」

阿貴雖然起了自殺的念頭，但他還沒有即刻就去自殺的決心。他離開了工廠，茫然地向前走著，並沒有一定的方向。他就同失了靈魂的人一樣，他忘卻了他應當做什麼，他也不知道他應當向什麼地方去。他只知道一件事情：被廠裡開除的事情，不能使父母知道。但是為什麼他要被開除？他有什麼被開除的罪過？誰個弄得他被廠裡開除了？開除了後他應當做些什麼？……他這時似乎都忘卻了。他只是茫然地走著，但腦筋並沒深想到什麼。他所走的是什麼路，兩旁有什麼東西，路上所迎著的是些什麼人……他都沒有注意到這些。

他順著一條路走，走走又回頭，回頭又走走，這樣地他消磨了一個上午的時間。炎熱的太陽如火一般地烤人，但他光著頭，雖然一套白布小褂褲差不多都汗溼了，他似乎卻不感到這一層。最後他走得疲乏了，看見路旁有一塊石頭，他也不問它燙不燙，就走上前坐下了。他低著頭似乎在思想什麼，但他這時並沒有明白地思想到什麼。他看見地上有幾個螞蟻往來：一隻黃色的小螞蟻也不知從什麼地方尋得了一塊白模樣的食物，在用力地銜著前走的當兒，忽然遇到了一隻黑色的螞蟻，這黑色的螞蟻見著小螞蟻銜著一塊食物，便上前將它搶奪下來。小螞蟻大為憤怒，便不相讓，與黑色的螞蟻廝殺起來。小螞蟻雖然是小些，然而卻英勇異常，毫不懼怕，倒也敵得過牠的敵人。牠倆越廝殺得越有勁，阿貴這時不禁看得出神；而且向小螞蟻表示著充分的同情。他見著小螞蟻這種英勇的氣概，不禁暗暗地稱讚不置。他看著看著，忽然他的腦海中起了一層波浪，他即刻立起身來，自己向自己驚異地問道：

「啊哈！我難道連這一個小螞蟻都不如嗎？喂！我還配做一個人嗎？小螞蟻被牠的同類所欺侮了，還要拚命地抵抗一下；我是一個人，難道受人欺侮了，就這樣地乖乖地算了嗎？報仇呵！……報仇！……」

他於是覺著有無限的羞辱了。他的臉有點發燒起來，他的一顆心開始怦怦地跳動了。他不禁後悔道：「當張金魁向我宣言的時候，為什麼我沒有點兒反抗的表示？我為什麼順服地忍受著張金魁的欺侮？為什麼不把張金魁拉著痛打一頓？為什麼不拾起一塊石頭向著張金魁的腦殼摔去？為什麼……？唉！我連這一個小螞蟻都不如！我還配做一個人嗎？張金魁這東西該造了多少孽，我為什麼不把他打死？他害死了李全發，他害死了沈玉芳沈先生，他現在又來害我，他又把我的飯碗打掉了，照他的口氣，也許又要害我的性命……唉！我為什麼不把他打死呢？我為什麼一點兒抵抗都沒有呢？唉！我連這一個小螞蟻都不如！……」阿貴越想越羞愧得汗流浹背，幾無地以自容。他又重新坐將下來了。他看看地上兩個鬥爭的螞蟻，這時牠倆仍在相持的狀態中。他於是拾起一個小小的草桿，將黑色的螞蟻隔開來，慢慢地然而很氣憤地將牠搗死，——這時他覺得他做了一件偉大的事業了，於是乎他覺得非常地痛快。小螞蟻見著牠的敵人已死，遂又銜著白模樣的食物離開了。阿貴看著牠走開，不禁暗暗地笑道：「小螞蟻！你真是好漢！我應當拜你為老師呢！我與你同是被欺侮的。我們聯合起來罷！好！全世界被欺侮者聯合起來！哈，哈，哈！……」阿貴一剎那間覺著自己是勝利者了。他似乎覺著張金魁被他用草桿搗死了。在愉快的一兩分鐘後，他又覺著有點失望起來：他所搗死的是微小的螞蟻，而不是那萬惡的張金魁，張金魁還是在世間活著呢。

是的，阿貴的責任不是在於搗死一個微小的螞蟻，而是在於搗死他的敵人——張金魁。阿貴覺悟到這一層了；於是開始想到如何報仇的方法：「呵呵！頂好！頂好把他捉住，也像搗死的螞蟻一般地把他搗死！唉！他該多麼可惡呵！他拚命地對於廠主獻好，也不知害死了許多工人！他害死了李全發，他害死了沈先生，他現在又來害我，哼，害我？好！我就要他的小狗命。我應當為李全發和沈先生報仇，我要不報仇，我就不算是個人，我真就不如螞蟻！一個人不如螞蟻，還算是一個人嗎？呵呵！報仇！報仇！……但怎麼樣才能將他捉到呢？……」阿貴想到此地，忽然覺得頭痛起來了。太陽的光是這般炎熱。阿貴沒有戴帽子晒了半天，當然頭要晒得痛了。也許他的頭早已都晒痛了，但到現在才覺得。奇怪，阿貴現在一覺著頭痛，就痛得要命，似乎再不可以支持了。他這時不但頭痛，似乎周身都發起燒來，臉龐燒得燙手。這時他忽然想起家來了。他忘卻了被廠裡開除的事情，也忘卻了他的父母倘若知道了他被廠裡開除了，將要如何地生氣、如何地懊惱。他感覺得自己是病了，病了的人一定是要回家的。

當阿貴踉蹌地走到家的時候，已是下午一點多鐘了。這時阿貴的父親王興盛吃了中飯，已經出門推小車子去了。留在家中的是阿貴的母親與他的一個小妹妹。母親今年五十歲了，這是一個很疲弱的婦人，她的兩個眼眶爛得如紅棗子肉一樣，眼水是不斷地流著；她看東西是很吃力的，然而她不得不做縫補的事情。在她枯槁的、皺紋層層的面孔上，可以看出她在生活中所受的痛苦的痕跡。這個可憐的老婦人在生活中大約不知道什麼享福的事情，因為她從沒見過幸福的面孔是什麼樣子。有時她想像到阿貴將來成人了走好運，每天能夠掙得幾個錢，為她買一件好衣服穿穿，買幾斤肉吃吃；或者她的女兒阿蓉將來能尋得一個有錢的婆家，因之可以靠她女婿養活……這時她覺得是很幸福而愉快的樣子，但這也只是很模糊的幸福和愉快，因為這只是對於將來的想像，這只是希望而已。什麼時候阿貴能走好運？阿蓉將來能不能尋得一個有錢的婆家？這恐怕只有天曉得罷？誰個也不曉得！話雖然是如此說，但是這個老婦人卻不得不有這般的希望。她現在所以還能活著，所以還能覺得要勞動的，完全是因為她還有這一點莫須有的希望，不然的話，她恐怕久已被勞苦葬入黃土了。她相信觀世音菩薩，因之她很虔誠地供著觀世音菩薩的肖像。她以為觀世音菩薩是救苦救難的，是慈航普渡的，祂絕對是保佑有善心的人的，只要人們能把良心存得正，哪怕觀世音菩薩不知道嗎？呵！救苦救難的觀世音菩薩！呵！慈航普渡的觀世音菩薩！……如此，她真是觀世音菩薩的真信徒了。她不相信她會窮苦一輩子，因為她的良心好，從沒做過壞事，而良心好的人一定是可以得到觀世音菩薩的保佑的。「哪怕現在吃些什麼苦呢？觀世音菩薩自然有眼睛！觀世音菩薩自然要給我好處的！我現在吃苦也許是因為前生造了孽了？呵！不要緊！只要我今生能行善，就是今生得不到好處，到來生一定是也要得到好處的！觀世音菩薩自然有眼睛，我怕什麼呢？呵！觀世音菩薩呵！請祢保佑我的阿蓉罷！請祢保佑我的阿貴罷！他真是一個好孩子，他對我該多麼孝順呵！是的，他應當得到菩薩的保佑呵！……」這個可憐的老婦人每一想到她的阿貴的身上時，總要跑到觀世音菩薩面前磕幾個響頭，暗暗地為著阿貴禱告。阿貴是她唯一的希望，她不為他禱告，還為誰禱告呢？至於阿蓉呢？她想道：「阿蓉不過是一個女子，始終是人家的人，比較是次要的了。也許將來能得到一個好女婿，但是好兒子總比好女婿強呵！好女婿無論如何總是從人家骨肉裡生出來的。」她當然也為著阿蓉禱告，但是禱告的次數卻比為阿貴禱告的次數少些了。為著禱告，為著要表示誠意，她也不知在觀世音菩薩面前燒了多少香。這些買香的錢是她為人家洗補所掙來的。她捨不得吃，捨不得穿，但是卻捨得去買香燒。……

她今天坐在門口，一邊補衣服，一邊又想到阿貴的身上了：「阿貴今天也不知在廠裡好麼？天氣這樣地熱！……」她忽然聽到走向她來的腳步聲，將頭抬起一看，卻

一　抵抗

不認得來人是誰個。照著來人的衣服看，這是阿貴回來了，但是照著來人的臉色看，這不是阿貴了，這差不多是戲臺上的趙匡胤，關夫子。一剎那間她驚異得非常：「怎麼？難道說關夫子來顯聖嗎？若真是他顯聖，那我該要好好地跪接了。……」她用她的爛紅眼睛聚精會神地一看，這時來人已至她的面前了，於是才看清楚了，來人不是關夫子，而是她適才所唸到的阿貴。阿貴這時的臉色真是紅得如關夫子的一樣，這使得他的母親驚駭地叫道：

「我的天王爺！你，你，你你怎麼了？病，病了嗎？……」

但是阿貴沒有回答她。阿貴進屋後即向靠牆的一張竹床上躺下，直挺挺地躺下，如死人一般。他的母親見著他這般模樣，簡直駭得魂飛天外，無所措手足了。她走進他的身旁站著，痴呆地望著他的那一副可怕的面孔，自言自語地說道：「這，這倒怎麼辦呢？中，中了魔了嗎？……這倒怎麼辦呢？興盛又不在家裡……」

「阿貴！我的兒！」她停一忽又哭著說道：「你怎麼弄到這個樣子？……你，你你是怎麼樣弄的，我的天王爺！……」

「水，水！……」

阿貴睜開眼睛，向他母親說了這兩個字。她這時心中忽然有點希望了。她想道：「還好！他還能說話，還知道要水喝！……知道要水喝，這不是說他的心內還明白麼？還好，他還不至於有什麼……呵呵！我的天王爺！菩薩保佑！……」她於是有點放心了。她不敢怠慢，即忙從水缸內盛了一碗涼水送給他喝，他沒有力氣拿碗，於是她端著送到他口邊，他就同得著甘露一樣，一口氣將一碗涼水喝乾了，是的，他真是渴了。他晒了半天，身上的水分都化為汗而消散了，這時他身上簡直可以說不大有水分了。他的喉嚨乾燥得很痛，當他將一碗涼水喝將下去之後，他覺得就好像他身上的火已經被撲滅一大半了。

「我還要喝！……」

當阿貴喝了第二碗涼水之後，他的神氣清醒得很多了。他的面色已經不如先時的可怕，他的兩眼所放射的光，已經不如先時那般的如中了魔一樣，她這時更大為放心了：「呵！阿貴好了！阿貴絕對不會有什麼危險，阿貴一定是會好的！……」她於是又想起觀世音菩薩來了。她想道：「這一定是有觀世音菩薩在暗中保佑，不然的話，也不知要弄得什麼樣子。」這正是她應當向觀世音菩薩面前燒香磕頭的時候，於是她將手洗一洗，很虔心地燒起香來，表示她對於觀世音菩薩的感謝。

阿貴真是疲倦極了。他看見母親的這種神情，想開口向她說一些話，但是他沒有力氣說話了。他應當好好地休息一下，於是他昏沉沉地睡去了。坐在他身旁的母親，這時見著阿貴這般神情，知道他是睡著了，而不是別的什麼現象。她不願意他多勞神，所以她並不向他多說話。她繼續拿起工作來，坐在他的旁邊，補幾針看他幾眼，看他幾眼之後又補幾針……她這時很放心了，因為她相信觀世音菩薩隱隱地在暗中保佑。

到了晚上了。

……阿貴的父親王興盛今天推了半天的小車子，只得了四角小洋的代價，若這四角小洋的代價，是平平安安得來的，那麼王興盛今天也夠高興的了，因為四角小洋並不算少呵。往常有時一天不開市，連一個銅元都推不著，而今天半天居然也推到了四角小洋，這或者也是因為觀世音菩薩在暗中保佑的原故罷。可是王興盛因為這四角小洋，肩背上吃了七八下木棍，受了紅頭阿三的一場毒打。王興盛已經是五十多歲的人了，雖然還能勉強推小車子，但是他的骨頭的確是很老了，他又是一個害癆病的人，如何能多吃紅頭阿三手中打人不顧死的哭喪棒呢？因之四角小洋對於王興盛雖然是一個很大的數目，而吃了七八下木棍，這對於王興盛卻是一場很大的災禍。事情是這樣發生的：他推了一小車子木器，當他走到四路中間的當兒，忽然嗚地一聲飛來了一輛汽車，險一點兒把他的車連人都衝倒了。也許是因為菩薩保佑的原故罷，他沒有被汽車壓死。紅頭阿三，一個印度巡捕見著這種情景，怒沖沖地跑將上來，先給他吃了幾下哭喪棒，然後才開口罵他為什麼不知道讓路，為什麼這樣笨……可憐的王興盛已經被汽車把魂都駭掉了，哪還有膽量向巡捕講理！他就這樣白白地吃了一頓毒打！倘若王興盛願意請醫生看看自己的傷痕，買一二副藥吃吃，調養調養，那他今天所得到的四角小洋能夠分配嗎？……他往時雖然也時常領受過紅頭阿三手中的哭喪棒，但他今天卻覺得往時從沒有這樣地痛過。唉！他沒有反抗的力量，他只有很可憐地痛哭！……

天要黑了，王興盛約摸著再找不到生意，於是就決定將小車子推回家來。在路上想起適才紅頭阿三對於他的欺侮，不禁暗自流淚。肩背上的傷痕雖然還沒有到出血的地步，然而是很重的，經受汗液的洗濯，越發痛得厲害。他覺得他不應當受這種無道理的欺侮，但他毫不起一點反抗或報仇的念頭。他只嘆他自己的命運是應該如此的。

一　抵抗

有什麼辦法呢？沒有辦法！反正窮人生來就是要吃苦的。忍受罷！唉！只有忍受，沒有辦法！……他只是這樣地想著，他，腦筋也只會這樣地想著，從沒發生過別的什麼不安分的念頭。

「老王！你回來了？」

當他推著小車子走到離家不遠的當兒，迎頭遇著了一個相識的工人，這個工人先向他打招呼。老王是一個很和氣的人，每逢與人說話的時候，總是帶著滿臉的笑容。今天的肩背上雖然有很重的痛傷，雖然滿肚子不快活，但他一見著這個工人向他打招呼，也就即刻笑著答道：

「呵！我回來了，阿四。你已經下工了麼？」

「不，不是，我今天沒有上工。你知道嗎？你的兒子已經被廠裡開除了。」

「什麼呀？」老王這樣驚異地問道，臉上已經變色了。

「你的兒子被廠裡開除了。」

好一個消息！好一個消息！……老王聽了阿四的話，身體幾乎涼了半截。他感覺到天大的災禍落到他的身上了。他又如中了魔一樣，一句話也說不出來，只直挺挺地痴立著如木雞一般，兩眼望著阿四。阿四見著他這種神情，不明白他這時精神上所受的打擊是如何地巨大，便不十分注意地離開了他，又走自己的路去了。老王痴立了幾分鐘之後，重行推起小車子走回家來。當他走到門口的時候，他的小車子向門旁邊一豎，不做聲不做氣地走進屋內，向門後邊一個小木凳子上坐下。他就同沒有看見屋內的人一樣。躺在竹床上的阿貴還沒有醒來。阿蓉見著她的爸爸今天回來這種不高興的樣子，也不敢上前去親近他，只遠遠地向他望著。這時他的老婆正在燒晚飯吃呢，她見著老王回來了，便離開灶臺走到老王的面前，與他打招呼。

「你回來了？今天推了多少錢？」

老王用雙手摟著自己的頭，兩眼向地上望著，如木頭一樣地坐著不動。她見著他不回答她，摸不著頭緒，便又高聲地問他一句：

「你，你今天到底是怎麼著了？為什麼人家問你的話，你連回答都不回答一聲呢？」

老王還是依舊地不答。她看見這種神情，知道又有什麼不好的事情發生了，便不敢再問他。她重複回到灶臺後坐下，幾乎也變成痴呆的人了。她這時不知道做什麼事

一　抵抗

好，暗暗地覺得有什麼可怕的災禍快要到臨了，或者已經到臨了。她真不知道將要怎麼辦了：「你看，一個沒了，又是一個！阿貴回來時幾乎要駭死了人，紅頭赤臉的，而他回來又這種樣子，令人一點兒頭緒都摸不到，這，這這，這倒如何是好呢？……莫不是今天真個是什麼黑道的日子，遇著什麼鬼了？不然的話，為什麼一個個都弄成這個樣子呢？唉！窮日子都不能安安穩穩地過下去，偏偏生出許多花頭來！唉！這真是要人命，活要人命呵！……」她不禁很傷心地哭起來了。

「妳還不知道嗎？」

老王抬起頭來，忽地很苦喪地問了這一句，這可把他的老婆駭了一跳。她停止了哭，兩眼看著她的丈夫，半晌才反問一句：

「我還不知道什麼呢？」

老王重新又把頭低將下來了。這時屋內已經暗黑了，深深地陷入沉寂的空氣裡。沉寂裡只聞著阿貴在竹床上翻身的聲音。阿蓉見著她的爸爸和媽媽的這種樣子，一顆小心也為之跳動，很模糊地猜到有什麼不好的事情發生了，因之也靜立在板門的旁邊，不敢多說一句話。但是阿蓉終歸是一個小孩子，她的肚子餓了，她要吃飯，不能再跟著她的爸爸和媽媽沉默下去了。

「媽！我餓了，我要吃飯。……」

阿蓉的話將沉寂無聲的空氣打動了。老王隨著阿蓉的話音說道：

「妳還不知道嗎？阿貴被廠裡開除了。」

他的老婆聽了他的話，沉吟了半晌，似答非答地嘰咕了一句：

「呵！阿貴被廠裡開除了！」

她又重行沉默下來了。這時她的一顆心似乎被漿糊糊塗住了，想不出說什麼話為好。如此，在表面上，她似乎並不曾受了這個消息的打擊，但是在內心裡，她，唉！她簡直表示不出她的悲痛來。她這時實在說不出話來。她有什麼話可說的呢？呵！事情是這樣地完了，完了，沒有希望了！……

「媽！媽！我餓了，我要吃飯呀！」

阿蓉的媽還是不理她，最後她走到她的媽跟前去了。她要求她的媽給她飯吃。這時大約老王也覺著有點餓了罷，便也就說道：

「開飯吃罷！」

一　抵抗

老太婆聽了他的話，便起身將煤油燈點著，不則聲不則氣地將飯菜擺到屋中間一張矮木桌子上來。阿蓉拿起飯碗來就吃，兩隻小眼向著菜碗裡望，就同菜碗裡盛著滿滿的、有味的、好吃的肉一樣，她巴不得一下子都吞下去，其實那裡並不是肉，並不是什麼雞魚鴨，而是些油鹽不足的白菜。

「阿貴不起來吃飯麼？」老王問。

「不，他不久已經吃了一點東西，現在讓他睡罷，他病了。」

「他真病了嗎？」老王很不安地這樣問他的老婆，可是她這時就同要哭的神氣，似乎悲哀地在想什麼，沒有答他。他看著她的這種可憐的樣子，便也就不再問下去了。他又不禁暗暗地在可憐她：「可憐的老太婆，真是受苦的命呵！……」

他們靜默地吃了晚飯，就到門外邊坐著乘涼。這時大地烏黑得可怕，一點風都沒有，悶燥得令人難耐。兩夫妻都低著頭各想各的，唯有阿蓉坐在她的媽媽旁邊，一點兒也不思想，兩隻眼睛只有趣地望著西北角上的，那遠遠的飛射著的金色的閃光。

這時屋內竹床上的阿貴，似乎是已經醒來了，但是渾身燒得如火爐一樣，弄得頭腦昏亂，神思不清。他似乎是要起來，然而沒有起來的力氣；似乎要喊人，然而只能口張一張，喊不出聲音來。他是在朦朧的、混沌的狀態中，腦海中並沒有什麼很清晰的波紋。也或者可以說，他是在半死的狀態中。……

老王這時是在深想自己悲哀的命運：「一從生下地來就沒有過過一天的好日子！推了一二十年的小車子，勞苦了一輩子，……現在阿貴稍微能夠掙點錢養家餬口，窮日子稍微過得舒服些，不幸又來了這麼一下……被開除了！……唉！這簡直怎麼了局！……都是阿貴自己的不是！廠裡不開除別人，為什麼單開除他呢？這可見得是阿貴自己的不是了。我老早就聽到一些風聲，說他在廠裡幹什麼工會的事情，反對什麼資本家……呵！這樣反對資本家才反對的好，把自己的飯碗都反對掉了！唉！胡鬧！生來就是當工人的命，生來就是受苦的命，好好地在廠裡做工也就罷了，偏偏要幹些什麼不相干的事情，什麼工會，唉！不安分！……」

老王的老婆所想的倒偏於樂觀的一方面：「好歹總有菩薩保佑，沒有什麼可怕的。也許明天到廠裡哀求一下，阿貴還是可以回到廠內做工的？也許這個廠裡不要他了，他還可以到別的廠裡做工去？真要沒有辦法的時候，也可以推小車子……反正有菩薩保佑，總不會餓死，只要良心存得正。阿貴這小東西的良心該多麼好，難道說他還會餓死不成嗎？不會的！不會的！……」

她又決定了，今天晚上臨睡覺的時候，應當在觀世音菩薩面前好好地燒幾炷香，多磕幾個響頭，求祂老人家保佑。她相信觀世音一定會保佑她，保佑她的丈夫，保佑她的阿蓉，尤其保佑她親愛的兒子阿貴。她不十分相信別的菩薩，但她相信觀世音菩薩可以說是到了極度了。她每每向人說：「觀世音菩薩是不可不信的呵！祂真靈！我有幾次夢見過祂，祂是一個白髮蒼蒼的、和藹可親的老奶奶，有時白天我也見著過祂顯聖……」當她這樣說時，就同她真看見過了觀世音菩薩一樣。但是她真看見過了麼，只有天曉得！

轟轟轟……喀嚓……轟，轟……雷聲逼近了。這兩位可憐的夫妻的沉思，被響亮的雷聲所震斷了。這時又起了風，很大的風，接著就落下稀疏的、很大的雨點。

「呵呵，下大雨了，快進去，外邊不能夠坐了。」

他們剛一進門，大雨就如傾盆也似地下了起來。他們將門關上，但是因風颳得太大了，兩扇板門幾乎有抵抗不住的形勢。兩間茅屋似乎被風雨擊動得亂晃的樣子，就同快要倒塌了。木桌上的煤油燈被風吹得忽明忽暗。這時屋內悶熱的空氣漸漸地消散了，頓時涼爽起來。大家感覺得爽快異常，但同時又懼怕這兩間茅屋真莫不要被這般大風雨所根本推翻呢。那時才是真正的糟糕！那時才是真正的災禍！

「媽！媽！那牆角上漏，漏雨！」阿蓉指著牆角這樣說，老王聽了這話，向前一看，果然漏雨，並且漏得很多。他想道：「唉！真是倒楣！這真是如俗語所說『禍不單行』呀！天老爺故意與我們窮人搗亂！若果這兩間茅屋真正地要倒塌了，那時倒怎麼辦呢？唉！我的天哪！……」

「阿蓉的媽，快拿盆來接著，慢一點，這屋內快要成了河呢。唉！天老爺真是故意與窮人為難呀！」

阿蓉的媽聽了她丈夫的話，即忙將洗澡的木盆拿上去接漏雨。幸而只有這一處漏雨，若漏雨的處所太多了，縱使不將屋子漏得倒塌，但怕真要把屋內弄成河流了。

這時涼爽的空氣將阿貴身內身外的熱度減低得多了，他於是有點清醒過來。他的兩眼，已將燒得透紅的兩眼，睜開望一望，他看見屋內的情景甚為詫異，不明白發生了什麼事情。他想說話，但覺喉嚨很痛，很不容易說出話來。他哼了半晌，才哼出來一句話：

一　抵抗

「媽！我渴了！……」

當他喝了一碗涼水之後，他的神志更為清醒了。他雖然沒有力氣多說話，但他已經很明白地知道他現在是病了，是躺在竹床上。他看見他父母的愁容，知道他們完全都是因為他，因為他一個被工廠開除了的、而現在病了躺在竹床上的兒子……他於是很清楚地想起日間的事了：他今天早晨是如何地預備進工廠上工，如何地走進工廠的大門，如何地被張金魁喊住，如何地被張金魁欺侮了一頓，如何失望地走出工廠，當時心中是如何地難過……他不禁很深長地嘆了一口氣。

「阿貴！你到底怎樣地就被開除了？」

阿貴不回答他的父親。老王接著又說道：

「不開除別人，單將你開除了，真是怪事！為什麼單將你開除了呢？啊？」

阿貴還是沉默著。

「他現在身體不舒服，請你別要苦苦地追問他罷！等他好了，你再問也不遲呀！」

老王不聽老婆的哀求，又繼續地說道：

「我曉得，呀，我曉得。大約是因為什麼工會的事情……唉！你倒不想想，資本家是怎麼能夠反對得了的！你不問三七二十一，仗著自己的血氣亂鬧，真亂鬧的好，現在把飯碗都亂鬧掉了！……」

老王停了一忽，聲音略放低一點，又繼續地說道：

「我們窮人生來就是窮命，應當好好地安分守己，有碗飯吃，不會餓死就得了，哪還能做什麼非分的想頭呢？我們窮人只好吃虧，只好受一點氣，沒有辦法。譬如我今天受了紅頭阿三的一頓毒打，到現在我的肩背上還在痛，想起來，這都是我自己的不是呀。……」

「怎麼？你今天受了紅頭阿三的一頓毒打？」老王的老婆很驚異地問他，他很平和地，如同不關緊要地，回答道：

「可不是嗎！我的肩背上現在還在痛呢！我們生來就是窮人的命，只好忍受點，是的，只好忍受點。」

他沉默下去了。他的老婆痴呆地望著他，也不說一句話。

阿貴起初聽見他父親的話，似乎覺著也有點道理：「也許是我自己的不是罷？也許是因為我太不安分了罷？也許我不應當幹什麼工會的事情，現在連飯碗都幹掉

一　抵抗

了，不但我自己受累，而且連累了一全家……這倒怎麼辦呢？事情是已經不可挽回的了！……」他已經預備在他的父母面前，承認自己的過錯，千不是，萬不是，總是我王阿貴自己的不是。

忽然日間螞蟻的事情飛到他的腦海裡來了。他想像起那小螞蟻與黑色的螞蟻鬥爭的情形，那小螞蟻英勇不屈的氣概，他不禁打了一個寒顫，接著他似乎陷入萬丈深的羞辱的海裡，羞辱得要死了的樣子。他想道：「怎麼啦？我連一個小螞蟻都不如嗎？不如一個小螞蟻，還算是一個人嗎？啊？我被開除了，難道說這是我的過錯嗎？張金魁獻好於資本家，把我弄得開除了，我就此能同他算了嗎？他這般地欺侮我，我真能就好好地忍受下去嗎？不，不，絕對地不能！我一定要報仇，我不報仇我就不是人呀！我連小小的螞蟻都不如！……我沒有過錯，我一點兒過錯都沒有！……」

他的忿火燃燒起來了。他的心竅似乎迷惑起來了。他隱隱地似乎看見那隻小螞蟻在笑他，在鄙視他，接著他看見了許多許多的小螞蟻都在笑他，在鄙視他。呀，不好了！無數的小螞蟻爬到身上了，鑽進到他的耳裡、鼻裡、口裡，似乎又鑽進他的心裡去了。他覺得痛癢得難過極了，他就同著了魔，瘋狂地亂叫起來。他承認螞蟻們是在懲罰他，他於是哀求地叫道：

「哎喲！請你們離開我罷！我一定報仇就是了，我一定去殺死我的仇人，我一定去殺死張金魁！……」

兩位老夫妻看著阿貴無緣無故地忽然亂叫，手足亂動起來，就同瘋了一樣，不禁驚駭得對望著，連話都說不出來。還是阿蓉首先問道：

「媽！媽！阿哥是怎麼著了呀？」

阿貴忽然跳下竹床，口中嚷道：

「好！好！我去報仇，我去殺我的仇人！……」

他說了這話，即跑向門前，要開門出去。這時大風雨還未停息，屋外就如萬馬奔騰的一個樣子。兩個老夫妻見著阿貴開門要出去，這可是驚駭得要命，連忙上前將阿貴抱住，不讓他開門。小阿蓉見著這種情景，駭得哭起來了。

「你，你怎麼了？你瘋了嗎？外邊這樣大的雨！……」

阿貴的母親說著說著，同她的丈夫又把阿貴推到竹床上坐下來了。阿貴這時似乎明白了。他定一定神，向他的父母看了一看，又將頭低將下去了，不說一句話。過了一忽，他的父母見著他平靜下來了，這才將手鬆開，稍微放了一點心。最後，他的父親輕輕地向他問道：

「阿貴！你是怎麼著了？啊？」

「沒有什麼，爸爸！我適才做了一個夢！……」

二 瘋狂

唉！這簡直是什麼世界！

二　瘋狂

六月裡的風雨來的時候固然很突然，可是消散的時候也很迅速。昨夜的暴風雨幾乎延長了大半夜方行停止，今天早晨又重新是清朗無雲的天氣，不過比昨天涼爽得許多了。

照著阿貴的父母所猜想，阿貴幸托菩薩的保佑，在夜裡沒有發生什麼令人可怕的事情，很平安地過去了。今天早晨起來，他倆看見阿貴的神志甚為清白，心中異常地安慰，如卸了千鈞重擔子也似的。他倆似乎忘卻阿貴的罪過了，或者因為怕引起他心境的不安，關於昨天的事情，連一個字都沒有提起。這一對可憐的、窮苦的老夫妻只有這一個兒子，雖然一時地甚為惱恨阿貴不該不守本分，弄得被廠裡開除了，可是愛子的心，終歸是把這一種惱恨壓低下去。他倆只有這麼一個兒子，倘若將阿貴責備狠了，逼得阿貴弄到別的差池來，那將如何是好呢？而況且阿貴又在病中，病人是不能受氣的。他倆想道，阿貴雖然現在一時被廠裡開除了，沒有工作了，難道說就此永遠沒有工作了嗎？不會的，絕對不會的！阿貴並不是一個無用的傻孩子，無論如何，是可以找到事情做的。……因此，他倆慢慢地也就將昨天的事情忘卻了。他倆是指望阿貴養老的，是的，他倆應當好好地愛惜阿貴，不要使阿貴生出什麼不幸的差池來。倘若阿貴有了什麼不幸，那他倆這兩條老命怕也是活不成了呵！阿貴若死了，那他倆將依靠何人呢？豈不是老來更要受罪嗎？而況且阿貴被廠裡開除了，這恐怕也不儘是阿貴的過錯，也許是張金魁這小鬼故意要害他，你看他那一臉橫肉，一雙鬼眼睛……是的，恐怕是這小鬼做的怪，阿貴是沒有什麼過錯！……

現在一對老夫妻只希望阿貴的病早些好，早些康健起來。就使阿貴現在沒有工作，閒著手坐在家裡，但他若能康健地坐在家裡，那倒也沒有什麼，怕的是他有病，怕的是他發生別的不幸的花樣來。……不過因為阿貴失了業的原故，這兩位老夫妻要更加努力地賺錢了。阿貴在工廠做工的時候，還可以領到工錢養養家，但是現在？現在阿貴在家裡坐著，他是要成為被人養活的一個人了。因此，阿貴的父親不得不將小車子推出去早些尋生意；阿貴的母親，雖然她那一雙爛紅的眼睛妨礙她工作，不得不將盛著破補綻的竹筐子早些提將出去，到處去尋問：

「要補衣服麼？要補衣服麼？」

生活是這樣地艱難！錢是這樣地難掙！阿貴的一家所消費的數目是非常地微細，但因為要維持這點微細的消費，他、他的母親、他的父親，不得不拚命地如牛馬一般地工作，不得不盡自己的力量可憐地去探求！……

二　瘋狂

阿貴與他小妹妹阿蓉留在家裡。

阿貴今天早晨起來，雖然他的神志恢復了常態，但他覺著四肢無力，軟弱得非常，他從沒有這樣地軟弱過。他深恨自己太不中用了：「為什麼小病了一場，就弄得這樣地軟弱起來？從前雖然也小病過，但不過覺著不舒服而已，一時地就過去了。但是現在？現在弄到這般軟弱的地步，兩條腿幾乎都沒有移動的力氣，真是萬萬料不到的事情！也許我瘦了不成人形了罷？……」他於是想起來他還有一塊小鏡子放在頁桌的抽屜裡面，何不拿出來照一照呢，看看到底瘦成了什麼樣子。當他拿起小鏡子一照時，他見著鏡子裡面是一個不相識的面貌：頭髮蓬鬆著如囚犯一樣，面色紅而黑，一雙眼睛深深地凹進，顯得是非常大的眼睛，兩頰瘦削得可怕……喂！這是誰呀？這簡直不是阿貴了。阿貴還能記起從前的面貌：頭髮梳得很光潤，面色雖不十分白，然而也並不黑得討厭，兩頰是很豐圓的，一雙清俐而有神的眼睛……但是現在這鏡子中的人？這簡直是鬼了！但是阿貴素來不十分相信有鬼，而況且縱是有鬼也只能在夜裡出現，哪能大清早起就有鬼呢？阿貴一剎那間似乎真看見鬼了，但他即刻就覺悟到了，這不是鬼，也不是別人的面貌，這正是他自己，這正是拿鏡子自照的王阿貴。阿貴不禁長嘆了一口氣：「唉！我現在變成了這個樣子！……」

阿貴起了床，踉蹌地走出門外換一換空氣。這時朝陽初現，草上的露珠在陽光的輝映中閃耀著，空氣是異常地新鮮。他振一振肩背，伸一伸手腕，向著朝陽長長地呼吸了幾口氣。他這時覺得異常清爽，就如同從黑暗的、空氣窒悶的、深沉的牢獄裡初出來一樣。往日他一起身即胡亂地吃了飯，吃了飯之後，即匆促地離家走入工廠的大門，並沒曾注意過這可愛的朝陽、這鮮明的露珠、這令人清爽的空氣。但是今天他卻感覺到這些了。他似乎才開始感覺到自然界的生趣，似乎第一次感覺到早晨的好處。他這時很奇怪，為什麼往日天天起早都沒有感覺到這些呢？難道說今天的早晨是特別的嗎？……他呼吸了幾口氣之後，覺得清爽極了，因之他很滿意，他很滿意他今天能夠感覺到他往日所感覺不到的東西。

嗚！嗚！……他聽見了工廠的煙囪吼叫了幾聲之後，慢慢地、很不願意地將自己的目光挪到那工廠所在的方向去。他看見工廠的房屋了，他看見煙囪突突地冒著烏煙了，他又遙遙地聽見工廠內的機器聲……他不禁深深地嘆了幾口氣。他一方面似乎很高興地脫離了這種特別的牢獄，在這個牢獄中他消磨了他的黃金時代——兒時的光陰，一直到現在他才脫離了它，才能感覺到這清晨的美麗；但他一方面又想到……呵，他不願再往下想去，因為他很怕再往下想去關於他以後的事情了。他將來怎樣生活呢？做什麼事好呢？還是到別的廠裡去找工作？還是如父親一樣推小車子？還是去……呵，他真不願意再往下想去了，因為這很苦惱他。

阿貴向著工廠嘆了一口氣，又無精打采地走進屋內來了。這時阿貴的母親已經把早飯燒好了，叫他吃飯。在吃飯的時候，他暗暗地瞟看他的父母，——他倆老是沉默著不說話，也不向阿貴身上注意，似乎阿貴並沒弄出什麼事情的樣子。但是在他倆的面容上，都有很深的憂鬱的表情，雖然他倆勉力地做著如平常一樣的態度，不願對於阿貴加以絲毫的苦惱，但是阿貴在他倆的面容上，卻深深地感覺到他倆的心境是如何地苦痛，是如何地不安。阿貴想向他倆述說自己在廠裡的經過，想說幾句話來安慰他倆，可是不知為著怎的，只是沒有說出來。唯有天真的小阿蓉，她不知道憂愁，不知道煩惱，更不知道計算。她只要有飯吃，至於她吃的這飯是從什麼地方來的，是不是她的父母用盡血汗換來的……她實在問不著這些。不過她的命運並不算好，她有時一顆小心靈也深深地感覺到苦惱：別人家小孩子時常穿新衣服，時常買糖果吃，時常買好玩的東西，可是阿蓉只能看著他們，只能羨慕他們。她實在不明白這個道理：「為什麼別人家的小孩子都有好衣服穿、有糖果吃、有東西玩呢？我的爹爹媽媽為什麼不買給我呢？難道說我的爹爹媽媽不疼我嗎？……」

飯吃完了之後，阿貴看著一對可憐的老父母匆促地出門去了；母親拿著盛著破補綻的竹籃子，父親推著小車子。

「阿貴，你留在家裡，與小妹妹看門。」

阿貴聽了他母親臨行時的話，心中不禁又難過、又害羞。難過的是：「母親那一雙紅爛的眼睛，那一副可憐的老太婆相貌……父親憔悴的形容，那表現他因為推小車子而練成的駝背……這麼大的年紀，身體又這麼不康健，而還是天天勞苦個不休，想起來好不令人難過呵！難道說他倆真個生來就是窮苦的命？唉！他倆從沒有過過好日子，從小到老一直在窮苦災難之中這樣地生活著，這樣可憐地生活著！……」害羞的是：「喂！我阿貴留在家裡？兒子留在家裡，讓年老的父母出外勞苦去？我還能算是一個兒子嗎？我不但不能賺錢養家，而反使他倆老人家吃苦受累，這是從何說起呢？我是他倆的兒子，唉！我枉為他倆的兒子了！……」阿貴想到這裡，一顆心如被滾油

二　瘋狂

煎熬著也似的，臉上和身上不禁出了一陣冷汗。往時在工廠裡做工時，尤其是在炎熱的天氣，覺得非常地吃苦，雖然是無法可想，但是總想設法休息休息。今天阿貴是在家休息了，照理是不應感覺著什麼痛苦了，但是他這時情願在廠裡做工，情願吃那炎熱的痛苦，而不願留在家裡閒坐著。他這時所感覺的痛苦，是更為令人難以忍受的痛苦，是為他往日所未感覺得到的。

阿貴拿起一張小矮短的木凳子，放在門口，背靠著板門坐下。他走入深沉的幻想裡，將兩眼閉著，似乎睡熟了。他這時並沒想起他的小妹妹，因之這時他的小妹妹在做什麼，他也沒有注意。

「阿哥！阿哥！你看這牆根底下有很多的螞蟻在打架呢。黑螞蟻、黃螞蟻……」

呵！螞蟻？螞蟻在打架？……阿貴在深沉的幻想中，被他的小妹妹喚醒了。他不禁全身震動了一下，如聽見了什麼驚人的消息也似的。他沒有回答他的小妹妹了，可是接著他又聽到他的小妹妹叫道：

「阿哥！阿哥！快來看，牠們打得真好玩呢！」

阿貴很驚顫地回答了一句：

「好，妳在那裡好好地玩罷！」

阿貴這時想起昨日螞蟻的事來了：那一隻大黑螞蟻的無禮，那小螞蟻的英勇氣概、不屈的精神……他的身心漸漸顫動得很厲害了，同時他覺得被羞辱所包裹著了，難過得非常。他想道：「怎麼？我連那一隻小螞蟻都不如嗎？螞蟻被牠的同類所欺侮了，還要拚命地抵抗，我是一個人，唉！我是一個人呵！我受了人家的欺侮，難道就這樣算了嗎？喂！我這個人，我這個人，我這個人連一隻小螞蟻都抵不上呵！……是的，我要報仇，我要不報仇，我就不能算是一個人，我應當投到糞池裡淹死掉！我有什麼對不起張金魁的地方？他為什麼要效力於資本家，這樣苦苦地害我，我難道就這樣放他過去嗎？我一定要做死他，是的，我應當毫不遲疑地把他弄死！……唉！這小子也不知道害死了多少人，他害死了我親愛的朋友李全發，害死了那沒有一點罪過的沈玉芳先生……」他想到這裡，忽然沈玉芳的往事復現在他的眼前了。

這是今年正月底的事情。S路T裡內開設了一所平民義務學校，分日夜兩班。這所學校是誰個開辦的？經費從什麼地方籌來的？關於這些事情，誰個也不曉得。不過因為學校是義務的，所以一般工人子弟進校讀書的很多。阿貴是一個很聰明的年輕

二　瘋狂

工人，很早就想讀點書、認得一點字，他常常感覺到不認字的痛苦，因之他讀書的心非常地切。可是他是一個工人，始終沒有讀書的機會，不過空想想罷了。

阿貴聽到T裡內開設平民義務學校的消息，不禁高興得非常。他所想的讀書的機會，現在是臨到了，於是他報名入了夜班，——日班他是沒有工夫讀書的，因為日裡他為工作所羈絆著了。當他初上第一堂國文課的時候，教師是一個約莫二十二三歲的女子，——這個是女學生的裝束，穿著一身很樸素的，然而又很雅緻的衣裳；她的面孔是圓圓的、很白淨的，兩眼笑咪咪地顯出很和藹而可愛的神氣。她的身體似乎很瘦弱，然而她的精神卻很壯健。在未上課之前，她先說了一些勉勵學生的話，她的聲音是很溫柔，然而同時又是很響亮的。她所說的大意如此：「我們因為窮人沒有讀書的機會，所以才開設了這一所平民義務學校。希望你們進了學校之後，好好地誠心誠意地讀書，千萬不要兒戲。現在只有有錢的人有讀書的機會，而窮人是沒有的，因之社會上一切事情只有有錢的人知道，只有有錢的人去問，而我們窮人就如傻子一樣，聽著他們擺布。可是現在我們既然有一點機會，我們就應當好好地來讀，就應當把自己的知識增高起來……」

在這一位女教師演說的時候，阿貴的兩眼瞪著她在電燈光下一張嘴動，只見著她忽而溫和，忽而又嚴厲起來的神氣，——阿貴表面上似乎也注意聽她的演說，其實他幾乎一點兒都沒聽見她說些什麼。阿貴這時只是沉入於痴想的淵底了：「這是一位小姐，也許是哪家的少奶奶？也許是在大學堂讀書的女學生？這個學校是平民義務學校，我們來唸書的又不給錢，可見得她是白教書的了。她為什麼要來白白地教書？難道說有什麼好處？坐在家裡當小姐少奶奶不好，為什麼來與我們這些窮人打混？奇怪得很！我簡直一點兒不明白，怪事！……她是這樣地和藹，是這樣地可愛，但又是這樣地莊嚴，我真是很少見過這種樣子的女子。奇怪得很！居然有這樣的女子來教我們窮人的書！……」是的，阿貴這時簡直不明白他眼中所看見的女子是什麼樣的人。但是阿貴覺著這位女教師第一次所給他的印象，他將永遠地保留在自己的記憶中，無論什麼時候都忘卻不掉。

從此阿貴就成為平民義務學校的學生了。他越與這位女教師熟識，越與她親近些，越感覺到她是一個非凡的女子。她的笑容、她的說話、她的動作，以及她的一切，阿貴都覺得是神聖的。阿貴覺著她是一個非常可愛的女子，同時又是一個非常可

二　瘋狂

尊敬的女子。阿貴在自己短小的生命史中，從沒有感覺到自己是幸福的時候，若這個幸福的時候是有的，那恐怕就是他與這位女教師說話，或是他看見她的笑容的時候了。女教師無論待那一個學生，都就如同母親姐妹或是朋友待自己的兒子兄弟或是朋友一樣。阿貴的天真、聰明、忠實，特別地引起女教師的注意，因之她常微笑地向阿貴說道：

「阿貴！你很好，好好地讀將下去罷，你是很有希望的！」

阿貴聽了女教師對於自己誇獎之後，更異常地努力起來，這時恐怕是他一生中最幸福的時候了。有時女教師用很溫柔的，很掛念的口氣，問起阿貴家中的情形，工廠中的待遇……當阿貴很細心地向她述說了之後，她常常很深沉地嘆道：

「唉！這簡直是什麼世界！這難道說是人的生活嗎？呵！這樣是不能長此下去的！……」

這話並不是對阿貴說的，但是阿貴聽了這話，卻深深地感覺到她的心靈是如何地為著他、為著他的父母、為著一些勞苦的窮人在忍受痛苦呢。從沒有人曾這樣溫存地問過阿貴的話，曾這樣注意地掛念阿貴家中的生活，因此，阿貴待她不但如先生一樣，而且暗暗地感覺到她是一個，呵，是一個什麼呢？阿貴很明顯地也並沒曾當她是一個恰當的什麼人，不過他總覺得她是一個為他所最敬愛的一個人，也許在無意識之中，他當她是自己的姐姐、母親，或是那個為母親常說起的觀世音菩薩罷。自從進了平民義務學校讀書之後，因為一些教師們都是無神論者，所說的都是一些無神的話，阿貴慢慢地也就不相信起神來了。他曾如他的母親一樣，深深地相信過觀世音菩薩，但是現在他卻以為這是愚蠢的事了。他覺悟了：「一切什麼菩薩，什麼神，都是騙人的，都是不存在的東西。如果菩薩真正是有的，那祂們就應當保佑善人，保佑不做壞事的人；但是在現在的世界上，好人、終日勞苦的人反來受苦，而惡人，例如我們的廠主、例如張金魁這小子、例如……他們偏偏有吃有喝有穿的，快活得要命，這到底是怎麼一回事情呢？照這樣看去，菩薩簡直是窮人的死對頭了，我們還相信祂幹嘛呢？呵！打倒菩薩！打倒一切什麼觀世音什麼觀不音的！……呵呵！也許觀世音是真有的？那麼祂的化身一定就是這位沈玉芳先生，我們的女教師罷？呵！她簡直就如母親所說的觀世音菩薩一樣！這麼樣好良心的女子！……」不過沈玉芳終究是個人，並且是一個很反對神的人，時常向阿貴解釋觀世音是沒有的，因之阿貴也就不能斷定她是觀世音的化身了。如果沈玉芳是觀世音化身的話，那她怎麼會反對她自己呢？阿貴很會思索這個道理，雖然他相信沈玉芳就如他的母親相信觀世音一樣，但他很明白在沈玉芳與觀世音中間，到底是沒有什麼關係的。

同學之中與阿貴最交好的，要算是李全發了。李全發也是S紗廠的工人。他的年紀略比阿貴的大些，這是一個很精明強幹的青年，做事異常地認真。在知識方面，他比阿貴發展得多了，也就因此，阿貴對於他暗暗地懷著敬意了。

阿貴漸漸地覺察到沈玉芳與李全發多親近些了。她有時將李全發喊到樓上，或離開課室較遠的地方，祕密地、輕輕地與他說一些似乎又親近又很祕密的話。照著他倆的情形，並不像有什麼愛情的關係在內，但是他倆是這樣地親近，說話是這樣地祕密，這卻使阿貴暗暗地感著不快。他想道：「為什麼沈先生這樣地與李全發親近呢？李全發差不多跟我一樣，為什麼他倆說話要避開我呢？難道說他倆有什麼愛情的關係？不像！不像！絕對地不像！但是他倆為什麼要這樣的呢？沈先生也許討厭我罷？也許她看不起我罷？不過我同李全發差不多，為什麼單要看不起我呢？也許他倆祕密地有什麼事情？這種事情是不能公開的？也許，也許……不過為什麼要瞞著我呢？

沈先生叫我做什麼事情，我難道不去做嗎？我一定會去做的！只要李全發可以做的事情，我王阿貴也是可以做的。但是沈先生為什麼不叫我做呢？……」阿貴想來想去，不能解決。他有時想公開地問問李全發，到底他與沈先生做些什麼事情，可是阿貴不知因為什麼，終究膽怯地沒有問出來。他這時的心境似乎吃醋又非吃醋，抱怨又非抱怨，羞辱又非羞辱，說不出是一種什麼滋味。他有時想道，沈先生所以不相信他，是因為他自己不如李全發，是自己的不好……他不禁又有點悲哀了。

後來還是李全發先向阿貴解釋他與沈先生的關係。他說，沈先生並不是一個平常的女教師，而是一個女革命黨……他說，廠內有幾個工友已經組織了一個祕密團體，倘若阿貴願意的話，也可以加入……

「你真是渾蛋！為什麼不早向我說呢？怪不得你們鬼鬼祟祟的，弄得我莫名其妙呵！你真是渾蛋！到現在才向我說起，你難道說還不相信我嗎？」

阿貴聽了李全發的話，這樣地反責問他。李全發當然表示非常的滿意，從此就把阿貴介紹到所謂祕密的團體裡邊去了。在每次的會議中，阿貴能更親近地與沈玉芳談話，能更明了地認識沈玉芳是一個什麼人，因之對於沈玉芳更加愛敬起來。在別一方面，說也奇怪得很，阿貴自從進了團體之後，似乎漸漸地覺到自己是一個成人了，而不是一個很平常的，什麼世事都不知道的小孩子。關於這一層，不但阿貴自己覺到，就是阿貴的父母也漸漸地覺到了。一對老夫妻時常暗暗地說道：

「奇怪得很！阿貴近來說話、行動，都變了樣子。菩薩也不相信了，什麼都不相信了。你看，這樣地讀書讀得好！讀得連菩薩都不相信了！……」

一對可憐的老夫妻當然不能明了阿貴內心的變遷，只能感覺著奇怪而已。他倆的年紀已經太大了，因之他倆的腦筋被舊的鎖鏈束縛得緊緊地，無論如何，不會想到一個人如何能不相信菩薩而生活著。尤其是對於阿貴的母親，她若不是相信有菩薩在保佑她，她恐怕久已離開人世了。

……今年四月間，S埠發生了空前的政治變動，阿貴參加過幾次群眾示威的運動，親眼看見許多工人——這其間也有老頭子、老太婆、年輕的小姑娘、很小很小的小孩子……大批地被槍殺的槍殺，刺傷的刺傷，逮捕的逮捕，種種無人性的慘象。阿貴幸而逃脫了一條命，然而他的悲憤，呵，他的悲憤非言語所能盡！他曾幾次地痛哭過。

「呵呵！這樣革命革得好，連我們窮人的命都根本革掉了。喂！造他娘！我們非幹不行，終久不過是一死而已！……」

這時沈玉芳還是繼續她的祕密的工作。

一天晚上，沈玉芳正在講堂上課的時候，張金魁帶領五六個巡捕將她捉住了。李全發見著神情不對，即刻想設法逃脫，可是張金魁的眼睛非常地敏捷，已經看見李全發坐在什麼地方了。他上前一把將李全發的頭髮抓住，帶罵帶譏諷地說道：

「哈哈！你還想跑嗎？從今後管教你不再做怪了！我看你去再組織什麼工會，再反對我們……哈哈！」

阿貴這時自量自己也是跑不脫的了，不如坐著不動，看他們怎麼樣處治。卻不料他們將沈玉芳和李全發捕住了之後，即開步走出去了。阿貴一方面慶幸自己沒有被捕，但一方面看著沈玉芳和李全發就如強盜一般被他們拉走了，心中真是難過得要命，他不禁放聲哭起來了。這時上課的學生有二十幾個，小孩子也有，成人也有，大家見著阿貴哭起來了，便都哭將起來，就如死了父母一樣。阿貴料定他倆的性命難保，不禁想道：「我為什麼不跟著他們一塊兒去呢？他倆死了，我一個好獨活著嗎？

二　瘋狂

在這種世界活著有什麼意思？真的，不如死了還好些呵！唉！這簡直是什麼世界！簡直沒有一點道理可講了！……這，這張金魁這小子，為什麼能這樣地下毒手呢？真是一點兒良心都沒有了！喪盡天良的狗東西！……」

「阿哥！阿哥！快來看，這些黑螞蟻被黃螞蟻打敗了呢！黃螞蟻真厲害！」

一樁一樁的往事正在阿貴的腦海中湧現的時候，阿蓉又將螞蟻打仗的事情擾亂了阿貴的回憶。阿貴又重新想到昨日螞蟻的情形。

「就是這樣決定罷！我應當學螞蟻，我真難道連螞蟻都不如嗎？如果沈先生和李全發死了有知，他倆怕要在地下暗暗地笑我呢。他倆要笑我這不中用的怕死的東西。是的，我要為他倆報仇呵。」

阿貴自言自語地說了這幾句話，他的小妹妹只當是她的哥哥叫她，所以走到阿貴的面前來了。阿貴見著小妹妹走來，便把她拉到自己的懷裡，用手撫摩她的小辮子。阿貴是很愛小妹妹的，當他每次下工的時候，一走進門來，即要同小妹妹親熱一下，或者將她抱一抱，或者與她親親嘴。阿蓉的父母是沒有給過零錢與她買東西吃的，但是阿貴卻有時給她一個銅板或兩個銅板買東西吃，因之她也就很歡喜自己的哥哥。阿貴待他的小妹妹是溫柔極了，很少時候打罵她，也就可以說，從沒曾打罵過她。有時阿蓉被她的父母打罵的時候，她總是跑到哥哥的懷中，以他為自己的保護者。阿貴很關心小妹妹的生活。他沒有哥哥姐姐，也沒有弟弟，只有這個小妹妹，因之他很不願意這個小妹妹吃苦。他以為這個小女孩子生來做他的妹妹，不能吃穿好的，已經是很不幸了，如何還能虐待她呢？而且阿蓉一雙伶俐的眼睛，一副圓圓的小面龐，看起來是很可愛的一個小女孩子，阿貴哪有不愛她之理呢？

阿蓉很天真地向她哥哥述說螞蟻打仗的事情，她的兩隻小手並形容出螞蟻打架時的樣子。但是阿貴只是用手撫摩她的小辮子，不曾注意她說些什麼。他這時似乎在思維什麼，但到底是在思維什麼，就是他自己也沒有一定的觀念。阿蓉起初說得很起勁，後來她看見她的哥哥並不熱心聽她所說的一些什麼，也就慢慢地鬆懈下來了。最後她扭過臉來，從衣袋裡掏出許多小石頭子來數著玩，——這些小石頭子是她自己拾的，也就是她唯一的玩具了。

這時阿貴似乎感覺到有點對不起小妹妹的樣子，但這也只是一瞬間的事。他仍然繼續地撫摩著她的小辮子，目不轉睛地似乎注視他撫摩著的東西。其實他這時的心境

二　瘋狂

很是茫然，說不出他的確是在想什麼。後來他開始回憶過去的事情，然而也就在這時，他又如同做夢一個樣子。他似乎一天晚上與李全發一道，也不知因為什麼事情，從什麼地方來，到什麼地方去，——他倆路經四馬路，這時街道兩旁的電燈非常明亮的很，來往的行人轟轟地擁擠著，就如浪潮一樣，很是熱鬧。他倆走到青蓮閣門口，見著上下梯的人們非常之多，似乎樓上有什麼特別引誘觀眾的東西。這時阿貴想道：「這是什麼地方呢？莫不是一個很好玩的地方嗎？頂好上樓去看一看，看一看上面到底是什麼玩意兒……」他想到這裡，正要向李全發提議的時候，忽聽李全發說道：

「阿貴！你來過這裡嗎？這裡是茶館，讓我們上樓去吃一杯茶去，我渴了。」

「那我們就上去罷！」

當他倆上到樓梯口的時候，就有許多穿著鮮豔衣服的女人上來歡迎，並且還有許多老太婆，似乎是她們的母親又似乎不是她們的母親的樣子，共同幫助她們來拉他倆。這時阿貴驚嚇得非常，一顆心在內裡枯里枯通地跳動起來了：「我的天王爺！這是什麼地方呢？這些女人怎麼就這樣地硬拉人！這還成個什麼樣子！不如下去罷！這裡一定不是好地方……」阿貴還是一個童男，很怕接近女人，這時見著這些如妖精一般的女人來拉他，不禁驚嚇得要喊叫起來了。他忽然覺得他的右手被人拿住了，他的腰被人摟住了，他的衣裳被人扯住了，總而言之，他在緊急的包圍之中了。他正要喊叫救命的當兒，恰好這時李全發一把把他的左手拉住，橫衝直撞地，把他從人中救出，脫離了重圍。李全發揀一張茶桌與阿貴坐將下來。這時阿貴的頭已經驚嚇得昏眩起來了，一顆心還是繼續枯里枯通地跳動著。

「阿貴！你嚇煞了罷？哈哈哈！……你從前沒有來過嗎？今天要不是我，老兄，你可是糟了！哈哈哈！」

「你這個人真渾蛋！誰個叫你把我帶到這兒來呢？這個地方，唉，真是來不得的！……」

李全發只笑著不答。這時茶房已將茶泡好了，阿貴一邊廂拿著茶杯喝茶，一邊廂將兩眼環視著周圍的景象：人聲是這樣的噪雜，頭顱是這樣的眾多——男的、女的、老的、少的、光頭的、有鬍子的、粉面的……渾淘淘地搖動著，這逼得阿貴的頭更加昏眩了。忽然他覺著一些油頭粉面的女人都對著他笑，起初是很諂媚地笑，後來變為苦楚地笑，似乎兩眼含著眼淚，要向他哭起來的樣子；最後她們的面孔漸漸地青腫起來了，就如鬼一般地向著阿貴猙獰地笑著，這逼得阿貴打了一個寒噤，不敢再看她們了，慢慢地將頭低下。他的一顆心這時是在不可遏抑地、苦痛異常地跳動著，同時又如同遇著了什麼大危險的事情，嚇得他毛髮都豎起來了，周身出了一陣冷汗。他是異常地懷疑、苦痛、懼怕，但是他表示不出來。停了一回，他似乎聽見右邊隔座的人在說話，一個是四五十歲老頭子的聲音，一個是十四五歲小姑娘的聲音，這種聲音是異常地嬌嫩而可憐，就如同小鳥的哀鳴也似的。

「妳的面孔倒很標致的，可是不知道妳的那件小東西好不好……哈哈……」

「不要糾纏了！請你老爺到我屋裡白相去罷！快去！快去！好不好呢？」

「幾塊錢住一夜？」

「隨你老爺的便罷！……」

阿貴抬起頭來，向隔座一看，見是一個五十幾歲的，蓄著八字鬍的老頭子摟著一個年紀很輕的小姑娘，至多也不過十五歲的光景，正在那裡調戲呢。老頭子用左手抱著她的孱弱的腰，用右手在她的身上亂摩，最後他戲弄她那還未十分發育，因之還未十分突起的兩個小乳頭，——她並不拒絕這些行動，似乎以為這是很平常的事情。她只是勉強地做著假意的微笑，兩隻圓圓的小眼睛向他射著哀求的光，用手理他那很硬直的鬍子，故意地向他獻媚。這時老頭子的一種猥褻的表情，及小姑娘的那種可憐的模樣兒，引起了阿貴的懷疑與厭恨：「這是一回什麼事情？這難道說是真的嗎？世界上如何能有這等事！呵，這簡直是真正地豈有此理呵！……五十幾歲的老頭子與一個十四五的小姑娘……而且老頭子是這般地肥大，小姑娘是這般地弱小……這真正是豈有此理的事呵！……」

阿貴一剎那間似乎不相信自己所見的是真實事情。他又重新將頭低下，默想這一種異常慘苦的，不公道的現象。

「阿貴！你還在想什麼喲！你能這樣不關心地看著人家侮弄你的小妹妹嗎？」

阿貴聽了這話，抬頭一看，見著與自己坐在對面的不是李全發，而是沈玉芳沈先生，這卻使得他驚異莫定了。這時沈玉芳還是如平素一樣的裝束，可是她臉上的表情是異常悲苦而嚴肅的，兩眼飽含著淚珠，嘴唇是異常地顫動。當阿貴莫名其妙，正要開口問沈玉芳的當兒，忽又聽著沈玉芳說道：

「阿貴，你曉得嗎？在這個社會裡，窮人家的女子總是要被富人侮辱的，你看你的小妹妹現在是什麼樣子……」

沈玉芳說至此時，將手往右邊一指，意思是叫阿貴順著她所指的方向往去。阿貴順從她的意思，便向原來的隔座望一望，見著老頭子與小姑娘還在那裡調戲著玩呢。過了一忽，靠在老頭子懷裡的小姑娘將臉轉過來，筆直地將眼光射到阿貴的身上來。阿貴起初還不十分驚異，後來慢慢地覺著她的面孔與阿蓉的相似，一等阿貴一覺到這個時，說也奇怪，他便越看她越像自己的小妹妹，這兩隻圓圓的小眼睛，這兩個圓圓的小笑窩，這一個如櫻桃也似的小口，這一切……這簡直是阿蓉，這簡直是阿貴的小妹妹了。「這難道真是我的小妹妹嗎？……」阿貴無論如何不能相信他眼前的景象，以為在電燈光底下，或者容易眼花，或者認錯了人，於是便將兩眼用手揉一揉，看看是真的還是假的，但是審視的結果，這的確是阿蓉，這的確是阿貴的小妹妹。

這時阿貴的忿火暴發了，便不疑懼地走上前去，一把將小姑娘從老頭子的懷裡拉到自己的身邊，接著向老頭子開口罵道：

「你是什麼混帳的東西，敢這樣欺侮我的小妹妹！你這個狗娘養的……」

「阿哥！阿哥！你……你……」

阿貴被阿蓉的聲音喚醒了，睜眼一看，見著小妹妹在自己的前面站著，而老頭子、沈玉芳、李全發……一切都沒了痕跡。阿貴呆了半晌，才漸漸地覺悟到自己適才是在夢裡，一切的景象都是不真確的。但是這夢中所見的一切，印在他的腦際非常之深，沈玉芳所說的話，他也是一字一句地記得非常清楚。「在這個社會裡，窮人的女子總是要被富人侮辱的！……」阿貴回味這兩句話的意思，不禁有點顫慄起來了。這時阿蓉見著她的哥哥的這種情形，只是將兩個小小的眼珠轉動著，猜不透他遇著了什麼。阿貴一邊廂望著立在他面前的小妹妹，一邊廂又回憶著夢中的情形，最後他將她的小頭抱到自己的口邊，重重地吻幾下，深深地嘆了幾口氣。

「在這個社會裡，窮人的女子總是要被富人侮辱的！……」阿貴越想越覺得這兩句話是不易的定理，他想道：「紗廠的女工有幾個是能保持著清白身子的？廠主、帳房先生、管工的、大班……稍微有點姿色的女工都要忍受他們的侮辱，就是我親眼也看見了許多。就是張金魁這個渾帳王八蛋，他也就奸汙了許多年輕的女工呵！唉！窮人的女子賣了力還不算，還要賣身子！……當娼妓的當然都是窮人家的女子，大半都是因為沒有飯吃，逼得沒有法子……唉！現在的世界！現在的社會！……」

二　瘋狂

阿貴想到此地，夢中的情形又在他的腦際盤旋了：五十幾歲的肥胖老頭子與十四五歲的嬌弱小姑娘，這個小姑娘最後變成了他的小妹妹了……阿貴不禁大大地打了一個寒顫，一顆心也就因之大大地跳動起來了。「那麼，阿蓉將來呢？」他這樣自問自地問了一句。阿蓉這時本來已離開他了，自己蹲在地上玩著小石頭子，忽然聽見阿貴說她的名字，便抬頭向阿貴望了一眼，但阿貴並不理她，還繼續地想道：「阿蓉是窮人家的女子，現在雖然還小，雖然還不能做事，但是將來呢？將來她長大了呢？到紗廠做工去？那她不也要將被人侮弄麼？……也許我的小妹妹將來也要當娼罷，這誰個能斷得定！……喂！我的小妹妹也要當娼，也要到青蓮閣去，也要……喂！無論如何，我不願意這個！……」

這時阿貴全身顫動起來了，一顆心就如同要碎了的樣子。他自己覺得就同快要瘋狂的樣子，接著他真個漸次地陷入瘋狂的狀態，就是他自己也不知是因為什麼。在模糊的判斷力不清醒的狀態中，他決定了：「也罷，與其將來受人侮弄，不如現在把她弄死罷！反正早遲都是一死，不過要死得乾淨！……」這個決定真是發生得突然，為阿貴平素所夢想不到的決定。阿貴是很愛他的小妹妹的，平素差不多從沒曾打罵過她，但是現在他卻忽然決定要把她弄死，弄死這個無辜的，為他平素所鍾愛的小妹妹，小阿蓉……

「但是怎麼樣把她弄死？」阿貴又繼續地想道：「用刀殺死？用繩勒死？還是……？呵，有了！前頭離此地不遠，有一個很深的水池，不如把她丟到水裡淹死。」阿貴於是很堅決地，毫不疑懼地，這樣地決定了。這時阿蓉正蹲在地上玩耍著小石頭子，卻不防到被她的哥哥一把將她抱將起來，接著她的哥哥就很迅速地走出門去，這卻不得不把她大大地驚駭了一下。阿蓉又看見阿貴臉上表情大與尋常不同，他的兩隻眼睛紅得如同要滴出血來的樣子，表現出一種怕人的殺氣。阿蓉見著這種情形，於是一顆小心靈便感覺到有什麼可怕的禍事了，便驚駭得哭將起來。她掙扎著要她的哥哥把她放下來，但是阿貴一言不發地將她緊緊地抱著，飛也似的向著池邊跑去。

「阿貴！阿貴！你將小妹妹抱到什麼地方去呀？她為什麼這樣拚命地哭啊？」

「媽呀！媽呀！快來！快快快來！……」

小阿蓉一見著她的媽提著一個竹籃子迎頭走來，便向她拚命地喊叫起來，這時阿貴見了他的母親，不知為什麼便即時驚怔了一下，這一驚怔卻把他的神志變清醒了。

二　瘋狂

他於是連忙將阿蓉放下，覺悟到自己適才的心境是在瘋狂的狀態中，不禁臉上發起燒來，覺著有無限的羞愧。他承認他幾乎做了一件極殘忍的事，差一點害死了自己的小妹妹。……

「阿貴！你到底是怎麼一回事呢？為什麼不好好地在家裡看門？」

阿蓉撲到母親的懷裡，就同得到了救星也似的，而阿貴羞愧得沒有答覆他母親的話，只轉過臉來，低著頭，慢慢地向著那有街道的地方走去。雖然他的母親喊他，但他連頭也不回一下。

三 消滅

你應當想怎麼樣消滅你的敵人，
而不應當想怎麼樣消滅你自己。

三　消滅

已經是正午了。一輪火熱的太陽，這時正是最嚴厲地顯耀著它的光芒，減少了街上來往的行人。空氣是這般地熱燥，逼得令人只有拭汗的工夫；倘若沒有必要一定要在街上行走的話，那街上將見不著一個行人的蹤影。這一天是很熱的一天，溫度達到一百零五度。在這一天因受熱而死的很多——聽說有一個站崗的巡捕死在自己的崗位上，而有許多黃包車伕正在拖著車前走的當兒，忽然噗哧一聲俯倒在地上，就這樣吐了幾口血，斷了氣……

這時在炎酷的陽光下，在有名的繁華的N馬路上，有一個穿著白粗布的小褂褲，一雙破鞋，而頭上沒有戴帽子的青年工人彳亍著，沒有目的地彳亍著。他茫茫然地來，又茫茫然地去，擁擠的行人沒有注意到他身上，而他的心目中卻也沒有這些行人的印象。這些行人自然有自己的事務，沒有工夫詢問這位青年工人，「你走來走去幹什麼呢？」就作算有人向他這樣地詢問，那他也將回答不出來為的是什麼。有時立在S公司玻璃窗外，看看玻璃窗內陳列的一些珍貴的、奇異的、華麗的貨物，這些貨物他叫不出名字來，也並不知道它們有什麼用處，怎麼用法，他看看它們也只是很漠然地，毫不動一點羨慕的心情，或者他也有點意識到，這些大約都是有錢的人們用以開心的東西，對於窮人，對於像他這樣的穿著粗布的工人，是沒有什麼用處的，而且窮人也並沒有許多時間來擺布這些玩意。玻璃窗內站立著一個美麗的西洋女人，櫻唇是那樣地紅，兩腮是那樣地柔嫩，兩眼是那樣地嫵媚，兩個乳峰是那樣地突起，簡直如活的美人兒一般。他想來想去，「這難道也是賣的麼？」但他總不能決定她的用處。最後他為她假設了一種用處：這大約是有錢的人買去做為白相的東西，也許她能陪著男人睡覺……想至此處，在他被陽光所晒成的紅而黑的面孔上，顯出一點笑紋來了。

「豬玀！混帳！你沒有眼睛嗎？」我們的這位青年工人正低著頭向前茫然地行走的當兒，不意與一個穿著紡綢長衫的，蓄著八字鬍的先生，撞了一個滿懷，把他手中的一個包裹也撞落在地上了。這使得這位八字鬍先生大怒，潑口罵將起來，倘若不是撞了之後轉身就走的話，那我們的青年工人一定要吃他幾個耳光。我們的青年工人大約知道自己闖了禍事了，所以便回頭就走，任著他罵。可是也就因為這一罵的刺激，他才自覺地想道，「我現在在這街上走來走去幹什麼呢？」他不能給自己一個回答，便決定走回家去。

「豬玀！你娘個造皮呀！壓殺你這個赤佬！」當他走至C路欲過街的當兒，忽然

三　消滅

嗚的一聲一輛汽車從他身旁飛過，險些兒就要被汽車撞倒了。他不禁嚇了一跳，同時聽著有人在罵他，他轉臉一看，見是一個印度巡捕走向前來，就像要舉哭喪棒來打他的樣子，不禁又吃了一驚，不明白為著何事，但他明白紅頭阿三的哭喪棒是沒有理講的，便即刻跑過街那邊去了。

「但是我能夠回家去麼？」汽車與印度巡捕對於他的驚嚇，在別一方面又鼓起他的思想來了。「我回去媽媽不要罵我麼？險些兒阿蓉被我弄死了，我簡直是一個罪人！我不能夠回家去……」他於是又徘徊起來了。他現在把自己當成了一個逃犯，以為做了一件天大的罪過，將永遠沒有面目見爸爸和媽媽的面，更沒有面目見親愛的小妹妹的面。

「回去幹什麼呢？」他又想道，「去看爸爸和媽媽一雙可憐的苦臉？去回家裡閒坐著吃飯？再將小妹妹丟到池裡？回去幹什麼呢？……」他還是一面走一面想著，但他走的路是茫然的，並不是回家的方向。「但是不回家去又怎麼辦呢？我現在向什麼地方去呢？」他有點著急起來了。最後他打定了一個糊塗的主意：「就是這樣地在街上閒走罷！走到晚上再講，讓汽車壓死了也好，免得活著受罪。汽車壓死了之後，爸爸和媽媽還可以得到五十塊錢的撫卹費，至少也可以過兩個月很快活的窮日子。也好，就拿這五十塊錢做為報答父母養育之恩罷！一條命雖然只換得五十塊錢，但是我現在活著是一個錢都得不到呵！……」

他於是打定了這樣的糊塗主意。主意雖然是很可笑的，但是他卻以為這是最好的一條路了，除此而外，他是沒有別的出路的。他一面走一面想著，最後決定要將他心中所想的實現出來，便胡亂地胡走起來，從街這邊走到街那邊，從街那邊又走向街這邊，很迫切地希望忽地飛來一輛汽車將他撞倒，頂好即時就斷了氣。不知者看著他這種狀態——在街上亂走的情形，一定斷定他是在發神經病，或者是一個已經瘋了的瘋人。一個神經健全的人，絕對不會這樣東倒西歪地亂走。但是在實際上，他這時並不是在發痴，而的確抱著一種目的，雖然這種目的是很糊塗的。幸而他現在所走的一條路是僻靜的，並沒有什麼很多的汽車來往，因之，他終沒有達到他的目的。也許他的命運注定他不應該死在汽車的底下，也許觀世音菩薩在暗地保佑，因為他受了他母親在家中的禱告，也許……這只有天曉得！

「你不是王阿貴嗎？」他正在低著頭繼續亂走的當兒，忽然聽見有人叫他的名字，便抬起頭來，定一定神，張一張朦朧的雙眼一看，見著自己的面前立著一個工人模樣的三十幾歲的中年人，戴著一頂草帽，穿著一套白粗布的，然而很乾淨的小褂褲，不似自己所穿的那般齷齪，這時他的面容雖然是黝黑，然而是很和善很同情的，兩眼射著誠實而有力的光芒，令人發生深刻的感覺。阿貴向他審視了一下，面相似乎是很熟的，然而一時想不起他的名字來。

「你難道不認識我了嗎？兩個月前我們還在一塊兒辦過事情……」

「呵哈！原來是應生叔，一時倒把我糊塗住了。」阿貴現出無限快樂的神情，笑將起來了。「應生叔，我問你，你現在好嗎？還是在工會裡做事情嗎？」

「也無所謂好不好，反正是活著一天就幹一天罷了。」張應生帶著笑，很自然地說道，「現在我還是從前那個樣子，你現在好嗎？你的臉色卻比從前黑得多了，是怎麼弄的呢？」

「唉！說起來話長！」阿貴將頭低將下來了。

「昨天我聽見一個人說，你已經被廠裡開除了，是不是？」

「是的。被張金魁這個混帳東西把我弄得開除了。」阿貴很淒苦地，同時又是很憤恨地回答他。

「唉！這個婊子造的，專門跟我們做對，真是可恨極了！你曉得嗎？他差一點也把我害了呢。」

張應生說到此時，將眉頭一皺，嘆了一口氣，沉默下來了。霎時間記起了往事：那是一天晚上，張應生正在和平裡內一幢房子的前樓上，與四個同志開祕密會議，討論目前工作的大綱。當時各人都是很謹慎的，不敢高聲說話，張應生與一個名叫王得全的，還將手槍放在身邊，防備臨時的變故。忽然聽見樓下有人很急遽地敲門，大家知道有點不對，便決定兩個無槍的同志先翻過天花板逃走，留下張應生與王得全二人觀看動靜。敲門的聲音愈形急遽了，他二人便走下樓來，靜悄悄地走至大門向門縫一看，原來是三個武裝巡捕，其形勢是來捉人的模樣。他二人又向後門縫一看，那裡也有兩個武裝巡捕把守。張應生想道：「壞了！怎麼辦呢？抵禦好，還是逃走好？……」張應生還未決定方策的時候，巡捕已經將大門打開了，王得全即時就放起槍來，打死了一個首先進來的巡捕。可是王得全自己也受了傷，倒在地上。其他兩個巡捕沒有看見張應生匿在門旁的牆角邊，便走進客堂內搜尋，不提防張應生溜至門外，連向他們放了兩槍。張應生放了槍之後，便飛也似的跑了，也不知道那兩個巡捕到底受了傷沒有。事後，有人說，這事情的發生，是由於張金魁到巡捕房的告密……

「應生叔！我現在是無路可走的人了。」

阿貴的話打斷了張應生對於過去的回憶。他並沒有聽清阿貴向他說了一句什麼話，便如從夢中醒來也似的，連忙向阿貴問道：

「你現在向什麼地方去呢？」

「什麼地方也不去，只是想被汽車撞死。」

「笑話！一個人好好地要想被汽車撞死！呵，我問你，你吃過中飯了沒有？」

阿貴從早上流浪到現在，從沒想起吃飯的問題，肚子內也不覺得餓。現在忽然聽見張應生問他吃過飯沒有，便很迅速地用手將肚子一摸，即刻就感覺得異常地飢餓，並且是異常地難受。

「我還沒有吃飯。」阿貴很沒有力氣的樣子將頭搖一搖。

「我忙得也沒有吃飯。好，現在到我的家裡去吃飯罷。」

……到了張應生的家裡。

這是一間狹小的，牆壁汙痕斑斑的亭子樓。擺設是很簡單的：一張帆布床、一張四方的木桌、兩張圓形的小木椅，及一些零碎的東西。這是一個祕密工作者的通常的格式，倘若是門內漢，一望即知道這種屋內住的是哪一種人。尤其是一個由工人出身的祕密工作者，他的屋內擺設將特別地簡單。

阿貴大約是因為行走太多，或是由於飢餓，弄得身體太疲弱了，走進了亭子樓之後，便一下躺倒在帆布床上，直挺地如死屍也似的。張應生無暇同阿貴說話，便打起汽油爐煮起飯來，不一刻飯便熟了，他即將抽屜內所貯藏著的兩碗菜，一碗是鹹菜，一碗是豆皮炒肉，拿出來擺在桌上。這樣，他便開始向躺在帆布床上的阿貴叫道：

「起來，我們吃飯呵。」

阿貴真是太疲倦了，這時雖然是肚子內覺著餓，但是不想起來吃飯。經張應生再三的催促，才很吃力地立起身來。

「阿貴，我告訴你，」兩人坐下之後，張應生忽然很鄭重地說道，「我這個地方是沒有人知道的，是很祕密的，你千萬別要告訴別個呵！現在是這樣的時代，我們做的是這樣的事情……」

「應生叔，請你放心，我也不是一個小孩子，絕不會隨便亂說的。」

兩人開始吃飯，沉默下來了。差不多經過一兩分鐘的光景，張應生忽然將筷子放下，就同發覺了什麼也似的，自言自語地笑道：

「好哇！原來我忘記了先吃酒，難怪得我總覺著吃飯沒有什麼味道也似的。」說至此地，便向阿貴道：「阿貴，你能吃酒麼？不吃？唉！我有一個壞脾氣，就是每頓吃飯之前，總要吃一點酒，若不是這樣，那是吃不下去飯的。阿貴，你說怪不怪？這種脾氣實在是要不得的呵！我總想改，但是到現在還沒有改掉，討厭！……」

「應生叔，我餓過火了，現在反而吃不下去飯，你一個人吃罷，我很疲倦，想睡覺。」

阿貴未將一碗飯吃完，便把筷子放下，走向帆布床上躺下了。張應生也不去干涉他，自己一個人開始吃起酒來。阿貴不一刻的工夫，就沉沉地睡去，毫沒覺察到張應生什麼時候吃完飯，什麼時候出門去。張應生是一個忙人，他並不能像阿貴這樣地在家內睡覺。下午還有兩個會要開，還有兩個地方要去。他於是吃完飯將門關好，就匆忙地出門去了。

整個的下半天光陰，在阿貴的濃睡中消去。到了七點鐘的辰光，張應生已經將事辦完，回轉家裡，而阿貴還是在睡鄉中，沒有醒來。張應生靜悄悄地將一盞不大明亮的電燈扭著之後，便預備做飯吃，並不去驚動他。等到張應生將飯做好之後，阿貴還是沒有醒來，於是他不得不喊叫他了。

阿貴睜開惺忪的睡眼，向室內的情景一看，又見張應生笑著立在床前，頓時又似乎入了夢境，不知自身現在何處，等到張應生向他說了「你這一覺也睡得太長了呵！起來吃晚飯罷！」之後，才漸漸地明白一切的經過。

「起來，起來吃晚飯罷，」張應生又繼續催促地說道，「這裡有一盆水，你可以先洗洗臉。」

「我難道睡了大半天嗎？」阿貴很不相信也似地這樣問道。

「我不回來，」張應生笑起來了，「也不知你要睡到什麼時候呢。好了，別再發痴罷！快洗臉，洗了臉吃飯。」

在吃飯的時候，兩人並沒有多談什麼話，只是默默地各人想各人的心事。張應生所想的並不關於阿貴的事，而是今天他工作的經過：組織失業工人指導委員會，審察反抗工賊委員會的工作……阿貴這時也沒想到張應生身上，而只是打算「我到底做什麼事情呢？進別的工廠做工呢，還是依舊地去讓汽車撞死？……唉！我到底怎麼辦呢？……」

飯吃完了，及一切都收拾洗淨了之後，已經是九點鐘了，這時起了風，亭子樓內的空氣，已不如先前的燥熱。張應生決定阿貴今夜睡在帆布床上，而自己將一張竹蓆子鋪開在地板上睡。兩人沒有什麼事做，便都躺下，用扇啪啪地搧著。這時張應生決定問一問阿貴的事情了。阿貴便一五一十地告訴張應生自己被廠裡開除的經過。

「阿貴，你現在到底打算怎麼辦呢？」張應生等阿貴說完了之後，這樣地問他。

「怎麼辦？一點辦法都沒有！我今天白天不是告訴過你了嗎？我預備讓汽車撞死，我的家中可以得到五十塊錢撫卹費……」

「你這才是發痴呢！一個人死的要值得：或是被我們的敵人捉去槍斃，或是同敵人對壘而死，或是……總而言之一句話，我們死的要值得，怎麼能讓汽車白白地撞死呢？而況且你也不是沒有事情做，也不是什麼瞎子瘸子，你是還可以找到工作的。你被S紗廠開除了，難道說你就不能進入別的紗廠做工嗎？總而言之一句話，你是還可以找到事情做的。」

「應生叔，你曉得嗎？我現在簡直不想再做什麼工了。不知道因為什麼，我現在總覺得做工的人，連畜生牛馬都不如！我的父親，我的母親，做了一輩子的工，只是吃一輩子的苦，得到了什麼好處！我想，與其活著做工，不如死了還好些，你說可不是嗎？人生終久是要死的……」

「阿貴，你這一種說法，簡直是太糊塗了！不錯，現在的工人的確連牛馬都不如，但是你要知道，這不是永久都是這樣的呵！你不是也聽見過許多革命的理論嗎？……你現在為什麼這樣糊塗呢？我們不應當灰心，我們應當幹將下去！就是因為我們的生活不好，所以我們才要革命，所以我現在才做這種危險的事情，阿貴，尋死只是沒有用處的人的出路呵，我們是不應當這樣做的！」

阿貴聽了張應生的話，沉默著不答，停了一忽，張應生又繼續說道：

「我的年紀比你大，所吃的苦大約也比你多罷。我從前也曾經因為吃苦不過，想投過幾次黃浦江，以為活著沒有意思，不如死了好些。後來漸漸覺悟到這種思想是不應該的，一個人應當走著生路，而不應當向著死路走去。一個人應當為著自己的生活，去反抗一切壓迫他的東西。阿貴，你明白這個道理嗎？你現在應當明白，你是一個受壓迫的人，你應當想怎麼樣消滅你的敵人、壓迫你的人，而不應當想怎麼樣消滅你自己……」

阿貴聽到此處，不禁全身顫動了一下，即時想起昨天螞蟻爭鬥的情形。他霎時覺得好生羞愧，一顆心動了幾動，兩耳火熊熊地燒將起來。用手將臉一摸，摸了一手冷汗。兩眼朦朧中，又似覺看見無數的螞蟻向他獰笑，向他咒罵，這逼得他的身體接連顫動了幾下。全室內霎時間如同變了景色，躺在地板上的張應生這時也似乎變了相了，好似變成了一個偉大的、尊嚴的巨人，立在茫茫的荒漠上，巨大的手臂指示阿貴所應走的道路……

「阿貴，你明白嗎？」張應生又繼續重複地說道，「你應當想怎麼樣消滅你的敵人、壓迫你的人，而不應當想怎麼樣消滅你自己！」

阿貴很費力地將神定了一定。這時他似乎明白了今天白天他在街上胡亂走路的事情，簡直是發痴，簡直是莫名其妙！想到這裡，他不禁又覺得有點好笑了。就如同犯了罪而承認過錯也似的，他輕輕地說道：

「應生叔，你所說的我一切都明白，我並不是一定要去做讓汽車撞死的傻事情，不過……」

「不過什麼呢？」張應生跟著問他。

「應生叔，我已經下了決心去做一樁事情，不知可能達到目的……」

「做一樁什麼事情？」

「我已經下了決心把張金魁……」

阿貴沒有把話說完，便停住了。張應生聽到張金魁的名字，便坐將起來，很驚異地問道：

「你下了決心把張金魁怎樣呢？」

「我想把他……」

阿貴又停住不說了。

「你想把他怎樣呢？你說呀！此地又沒有旁人。」

「我想把他打死……」

阿貴終於這樣很膽怯也似地說了。張應生聽了這話，不即刻說出什麼，便將頭低下，如有所思也似的。停了一忽，他抬起頭來向阿貴很鎮靜地說道：

「本來張金魁這東西是死有餘辜，我們老早就想把他除掉。不把他除掉，他總是要

三　消滅

作怪的，因為他的告密，也不知害了多少人，破了多少機關。不過你……」

「不過我怎樣？」阿貴這時也坐起來了。在不明的燈光下，也可以看出他的神情是很興奮的。「你以為我辦不到嗎？你以為我不能把他打死嗎？」

「不過他是一個力氣有牛大，狡獪又如狐狸的人，你怎麼能將他打死呢？這件事情還是讓別人去做罷，反正你的氣也是可以出的。如果你願意的話，我可以替你找到一件事情做……」

「不，應生叔！我不把他打死，那我的氣就出不來！那我就連一個小螞蟻都不如！那我就要遭那一個小黃螞蟻的恥笑！」

「你說什麼？」張應生有點奇怪起來了。「小黃螞蟻？哪一個小黃螞蟻？你怎麼又扯到什麼螞蟻的身上來了呢？」

「就是那個小黃螞蟻，那個我應當拜牠作老師的小黃螞蟻……」

阿貴未將話說完，忽一陣很悽慘的哭聲從窗外飛將進來，聽之令人心悸。阿貴將兩耳尖起來繼續審聽這種哭聲，便一瞬間將話停將下來了。沉默了一忽，阿貴如有所感也似的，便向張應生問道：

「應生叔，你聽！你聽見了嗎？這哭聲似乎是很近的，也許就是在隔壁罷？」

「我為什麼沒有聽見？我幾乎天天聽見。這是我們樓下在前客堂住著的一個老太婆的哭聲。」

「這個老太婆為什麼天天哭？」

「為什麼天天哭？兒子被捉去槍斃了，又怎能不哭呢？」

張應生始而很平靜的，這時他的話音有點淒然了。不明的電燈光似乎陡然增加了陰淒而灰黃的顏色，全室的空氣也降落了一半的熱度。阿貴聽了張應生的話之後，一時想不出話來說，只是兩眼睜著望著他。室內完全寂靜下來了。經過了幾分鐘的光景，阿貴忽然很急促地問道：

「被捉去槍斃了？被誰個捉去槍斃了呢？」

「你真是糊塗！當然是被兵警捉去槍斃的！」

「呵！應生叔，你聽！似乎就在樓下又有一個女人帶著哭聲說話……」

「這個說話的女人是這個老太婆的媳婦。這個女人真是一個再好沒有的女人，她真是好！吃苦、耐勞、又誠實、又勇敢、又明白事理……」

三　消滅

張應生說至此地，將芭蕉扇搖了幾搖，隨即貼在精赤的胸膊上，沉默著不再說下去了。兩眼筆直地向天花板望著，如像在深思著什麼。

「我問你，應生叔，這個老太婆的兒子到底因為什麼被捉去槍斃了呢？他的名字叫什麼？」阿貴這樣地問他，打斷了他的思維。

「那還能因為別的事情嗎？他是一個C書館的印刷工人，平素對於革命是很熱心的。一月前，C書館的工人因為要求加薪，鬧成了罷工的風潮。當局說他是主要人物，是一個反動分子……就這樣地捉去槍斃了！現在殺一個工人還算一回什麼事情？比較一個小雞都容易呵！唉！想起來，真是……」

停了一忽，張應生又繼續說道：

「他的名字叫周全福，為人是極好的，死的時候只有二十九歲。他的老婆，我們叫她作周大嫂，是一個再好沒有的女人！自從周全福死後，這個老太婆，周全福的母親，就是由她賺錢養活。她有一架小洋機，每天替人家織襪子，還勉強可以過日子。老太婆只有一個兒子，而且是一個極孝順的兒子，這個好兒子死了，哪能不晝夜地哭呢？唉！我天天差不多都聽見她的可憐的哭聲。有時我去說幾句話安慰她，唉！又怎麼能安慰她的那一顆痛苦萬丈深的心呢?她的媳婦本來是很痛苦的，不過因為老太婆這種樣子，她也就不得不硬著心腸，做著很平靜的樣子。唉!她真是一個好女人!像她這樣好的女人，我真是少見過!」

「我想你可以娶她做老婆呵!」阿貴帶笑地說了這麼一句。張應生聽了阿貴的話，似乎有點難為情起來，便有點帶氣也似地說道:

「別要胡說八道!我現在哪有閒工夫幹這種事情。呵，睡覺罷，時候已經不早了，明天我還有許多事情要做。」

張應生立起身來，走到門邊，用手很小心地將門關好之後，便又走到木桌子前，將抽屜打開，取出一支很小的手槍來。他湊近燈光，看一看手槍的各部分是否有了毛病。等到詳細地研究一番之後，便放在自己的枕邊，即刻也就很筆直地躺下。停了一忽，他向阿貴問道:

「我們將電燈閉起來睡好嗎?」

阿貴這時見了手槍之後，起了一種心思，並沒有用話回答他，只向他點一點頭，表示同意。張應生隨又立起身來將電燈閉下，等到閉下之後，便又很平靜地向地板躺下。臨睡覺時，將手槍放在枕邊，這是他的習慣，而且是應當的事情。誰個也不能斷定夜間不發生什麼事情：也許巡捕來捉他，也許有人要來暗算他……總而言之，他應當時時刻刻有正當的防備。而且這一支小小的手槍與他的生命有很深切的歷史。一方面，倘若不是因為有了這一支小小的手槍，那他的性命久已沒有了。一方面，這一支小手槍並不是用錢買來的，而是用性命換來的：這是今年三月間他從敵人——一個奉軍的軍官手中奪取來的。在他的生命史中，無論他能否看得見他所想的偉大的理想之能否實現，但是這一支小手槍卻是他所得著的勝利品，卻是他的一個可寶貴的紀念物。因此，應生在勞苦的祕密的工作中，沒有別的什麼東西能夠安慰他，能夠安慰他的只有這一支與他相依為命的手槍。

奔波了全日，現在應當是張應生睡覺的時候了。但是一個體力和智力都很健全的工人，生活的格式對於他，只是革命、工作、思想、休息。這裡所說的休息並不是什麼安逸的、例外的娛樂，而是一種必要的動作——睡覺。於是張應生不幾分鐘的光景，便呼呼地入夢了。

阿貴這時在平靜地躺著，但是沒有睡。他或許想如張應生一樣，呼呼地入了夢，可以拋棄一切煩人愁思。但是他無論如何睡不著。他一是因為在白天睡得太足了，二是因為張應生的那一支小手槍引動了他的思維，他知道這一支手槍的來歷，也知道張應生是如何地愛護它。

「如果我開口向他借，」阿貴這樣自問自地想道，「那他是不是答應我呢？……」接著阿貴便決定了：「恐怕他一定是不答應的。而況且他又不贊成我做這一件事情，……那他一定不答應我的。」阿貴想來想去，結果只有失望。但是在別一方面，阿貴是決定了要實現自己的願望，以為不把張金魁打死，那他簡直沒有做人的資格。這種決定在阿貴的心裡，已如泰山的穩定了，任有什麼力量也不能將它移動。但是有一個問題：用什麼方法將張金魁打死呢？誠如張應生所說，張金魁是一個又有力又狡獪的人，如公開地去同他廝打，那阿貴是一定要失敗的。因此，阿貴一定要尋到一個妥善的方法，否則斷不能成功的。阿貴起初想來想去，想不出適當的方法，等到他見著了張應生的手槍，便一時間樂將起來了，以為自己已經得到了可以致張金魁死命的東西。但是忽而想到這支手槍畢竟是張應生的，而且張應生視如自己的生命一般地寶貴它，絕不會將它借給阿貴，阿貴便又失望了。

三　消滅

張應生已經是深深地睡著了，對於阿貴在床上翻來覆去的聲音，並沒有一點兒覺到。冷靜的夜月光亮從窗口透將進來，皎潔地照到張應生的頭部，——一支小小的手槍很分明地在張應生的枕邊躺著。阿貴側著身子只是目不轉睛地注視著躺在張應生枕邊的小手槍，而一副腦筋全盤地用到幻想上去：如果他有了這一支手槍，他應當怎麼樣才能將張金魁打死……

忽然間又聽著樓下老太婆的哭聲，阿貴的心為之冷顫了一下。他不禁將他的思維暫時挪到老太婆的身上了：「老太婆的命運是這樣地悲慘，她的媳婦是這樣地賢明，做官的人是這樣地殘酷……現在的世界簡直是不成一個世界，該有多少悲慘的事情呵！這樣的世界簡直不如把它消滅掉還好些！……」

「但是我的爸爸和我的媽媽呢？」阿貴忽然將念頭一轉，想到自己的家內。「他倆在家也不知怎麼樣在想我呵！他倆也真是吃苦的命，唉！他倆簡直是活受罪！已經是這麼大的年紀了，還是辛辛苦苦的！……」阿貴想到此地，心中不禁有點難過起來，不禁深深地嘆了一口長氣。

「倘若我被捉去槍斃了，」阿貴又繼續想道，「也不知他倆將要怎麼辦呵。周全福死了，還有他的賢良的老婆養活他的母親；如果我死了的時候，那我的父母將靠著誰養活呢？……」阿貴暗殺張金魁的決心，至此時不禁動搖了一下。他的爸爸和媽媽的一雙可憐的形象，縈回於他的腦際，並覺著他倆已經如同在自己的面前站著，表現著可憐的衰老的面容，射著哀求的眼光。阿貴有點茫然了：怎麼辦呢？照著自己的決定去做好呢，還是為著這兩位可憐的老人的原故，打消自己的念頭好呢？……阿貴躊躇了幾分鐘，最後還是將牙齒一緊，下了最後的決心：「我也問不了這許多！世界上的苦人多著呢，反正我也問不了這許多！阿貴！你照著原來的決定做去罷！」

「但是我用什麼東西去把張金魁打死呢？」阿貴現在所為難的就是在這一個問題的身上。這時在月光照著下的張應生的面容，似乎在那裡輕輕地微笑，阿貴忽然注意到這個，便暗暗懷疑起來：「難道他沒有睡著麼？難道他已猜透了我的心思，在那裡暗暗地笑我麼？」阿貴遂將頭輕輕地抬起來，仔細地向張應生的面孔審視一番，見著他仍然是睡熟的樣兒，這才放了心。枕邊的一支小手槍還是在靜靜地躺著，阿貴又將目光注到它的身上。忽然他的腦海裡起了一層波紋，發生了一種新的思想：「我可不可以將它偷到手裡呢？……用了之後我還是可以還他的。向他公開地借，那他一定是不肯的，不如我來實行偷的辦法。能不能將張金魁打死，那就全靠這一支手槍了。應生叔，請你原諒我罷！我是沒有別的法子想呵。」想到此地，阿貴便輕輕地離開了床，走到張應生的身邊。不知怎的，他這時的一顆心忽然枯里枯通地跳起來了。他即時覺悟到是在作賊，而作賊是一件很不正當的行為。他彎了幾下腰，試幾試伸手去拿那一支手槍，但是總沒有勇氣把它拿到手裡。忽然張應生翻了一身，口中又咕嚕了一句什麼也似的，這可是把阿貴幾幾乎嚇倒了。他的一顆心越發跳得厲害，似乎已經做了一樁大的罪過，現在要受刑的樣子。始而他以為張應生已經覺察到了，後來見著張應生翻了身之後沒有動靜，才知道張應生還在夢中，這才略略放了一點心。他又試伸了幾下手，已經挨著了手槍的身子，但總是縮將回來，沒有把它拿到手裡的勇氣。

「喂，我連偷一支手槍都不敢偷，還能去把張金魁打死嗎？好無用的東西！」他這樣地將自己責罵了一番之後，便戰兢兢地伸手把手槍拿起來了。他不敢即時就拿起腳步走開張應生的身邊，默等了一二分鐘之後，決定張應生毫沒有一點兒覺察，才輕輕地走至門邊，用手很小心地將門開了，生怕弄出了一點兒聲音。從前他不知作賊是怎樣地做法，現在他卻很本能地得到了作賊的方法。他輕輕地移動腳步，慢慢地走下樓梯；走兩步之後，他總要停一下聽聽動靜，不敢一下子就走出後門。最後，他是很平安地走出後門了。

一輪明月高懸在天空，全城沐浴在銀白色的光海裡。居民都在夢裡，周遭是異常地寂靜。這時伴著阿貴的只有斜長的他自己的影子，和一支冰冷的手槍。「怎麼辦呢？現在至遲不過是半夜罷，我將到什麼地方去呢！不過手槍總算是已經到手了。……」在月光底下，阿貴將手槍仔細地審視了一番，又用手舉了幾舉，練習射擊的架式。他不禁滿意地向著明月微笑了一笑。這時涼爽的晶瑩的明月，也似乎了解了阿貴的快樂與得意，便也就回答了阿貴一個圓滿的微笑。

三　消滅

四 靈魂

他們的靈魂永遠埋在很臭很臭的糞堆裡。

阿貴為明媚的月光所迷戀住了。兩眼只是不轉睛地向著月輪望著，似乎那裡有什麼動人而奇異的東西，有什麼美妙而不可測的祕密。深夜的涼風，消散了一切煩燥的暑氣，一陣一陣地吹到人的身上，就如輕軟的拂塵的擺動，覺得異常地清快。阿貴剎那間覺著渺茫地離開了噪雜的人境，而進入了虛幻的仙鄉。手槍雖然還是在阿貴的右手持著，然而他這時已忘卻了一切，不復想到他所應當做的事情了。

阿貴痴呆地繼續向月輪望著。忽然他聽見了他背後的屋內有什麼聲音，先是咳嗽的聲音，接著就似乎有人走著樓梯響……這使得阿貴恢復了原來的意識。差不多已經被他忘卻的在他手中的手槍，這時似乎很劇烈地在他手中跳動起來，幾幾乎落在地上。「張應生起來了！他一定是為著手槍，……我還不跑，還在這兒發痴呢！渾蛋！……」想到這裡，便提起腿來就跑，不敢稍回頭看一下，似乎即刻張應生就要把他追到的樣子。跑出弄堂口的當兒，阿貴如老鼠一般，很膽怯地，畏縮地，向四外一看，街上並沒有人行走，才沿著街的左邊跑去。跑了幾分鐘之後，阿貴停一停步，轉過頭來看後邊並無人追趕，一顆跳動的心才略為平靜一點，可是他已累得滿身都是汗了。

他用左手袖拭臉上的汗液，右手還是緊緊地將手槍握著。這時他覺得，對於他什麼都可以，但是這一支手槍不可丟去，因為它已經成為他的生命了。倘若沒有它，那阿貴將不能報仇，將不能除去張金魁，將不能免去小螞蟻的恥笑……如此，他將沒有做人的資格了。阿貴現在很想做人，做一個很勇敢、很忠實、很有價值的人，但是怎麼樣做法呢？阿貴想，要做人起碼要將張金魁打死，為工友們除一個大害。不然的話，那阿貴就沒有做人的資格，就連一個小螞蟻都不如。一個人連一個小螞蟻都不如，那還活著幹什麼呢！不如死去還好些！……不，阿貴現在沒有尋死的念頭了。他要活著，要做人，所以他很寶貴這一支手槍，就如張應生寶貴它一樣。有了它，阿貴才可以達到自己的目的，才可以實現自己的幻想。……

阿貴低著頭，一邊走，一邊想著。這時明媚的月光，清快的涼風，以及街上的夜景，什麼都不在他的腦海中了。充滿他腦海中的，這時只有「怎麼樣進行……」的計畫。他也想到他不應該將張應生的手槍偷來了，——他很知道這一支手槍與張應生的關係，並且很知道張應生是一個很重要的人，他應當有自衛的武器；而他，阿貴，不過是一個很普通的工人，實不應當對於張應生做出這種事情來。但是阿貴轉而一想，

四　靈魂

又將自己的罪過寬恕了：「我現在偷他的手槍，並不是去做壞事情呵！我一者要為自己報仇，二者也為工友們除害，這並不是去做壞事情呵！等到事情成功之後，我再把手槍還給張應生就是了。他一定是可以原諒我的。而且如果我將張金魁打死了，這對於他也是很有益處的。……」

阿貴還是低著頭走著，對於他所走的街上的景物毫不注意。

「喂！要坐車罷？」

阿貴抬頭一看，見是一個赤膊的黃包車伕懶洋洋地拖著一輛黃包車，立在他的面前問他。在夜影的朦朧中，阿貴見著這個黃包車伕是一臉的苦相，黑瘦得可怕，同時他的神情是很哀求的模樣。阿貴覺著他是異常地可憐。在此清涼的深夜，正是人們安息的時候，而他卻拖著車如幽魂也似的在街上往來。唉！世間該有多少不平的事情！……阿貴正欲向黃包車伕說話的當兒，忽然黃包車伕覺察出阿貴手中的手槍來，便拉著車子轉身就跑，這使得阿貴嚇了一跳。阿貴莫名其妙，不禁口中咕嚕了兩句：

「這倒是一回什麼事呢？這真是活見鬼！」

這時在牆角邊一個印度巡捕正在倚著牆壁在那裡打盹的當兒，忽然聽見有人說話及黃包車伕拖著黃包車跑路的聲音，便驚醒了，走到阿貴的身邊來。阿貴只顧看著黃包車伕在前面跑，卻沒覺察到他身邊走來了一個高大的，如夜神一般的印度巡捕。

「你在此地啥事體呀？娘個造皮，夜裡向不睏覺……」

阿貴回臉一看，幾幾乎驚嚇得喊叫起來，但即時便鎮定住了。他只當這個印度巡捕已經知道他是什麼人，特地是來捉他的；一時間想逃跑，但即時想起自己還有一支手槍在手裡，不必害怕。印度巡捕還未將話說完，阿貴便舉起手槍對準他的胸部，做著一種威逼的姿勢。印度巡捕見著阿貴舉起手槍來，嚇得倒退了幾步，兩隻大眼放著白光；接著他便將兩手叉開地舉起，表示他不預備反抗，並向阿貴哀求地說道：「好朋友！阿拉同倷沒仇氣，是罷？好朋友，交關交關好的好朋友！阿拉同倷沒啥仇氣，是罷？」

阿貴見著印度巡捕這種情形，覺得非常地可笑，而一秒鐘以前的恐怖的心情完全消逝了。「看著是這樣大的塊頭，有點怕人，哪知道其實是一個草包呵！……」阿貴想到此地，幾乎要笑出聲來了。

「好朋友！交關交關好的好朋友……」

四　靈魂

阿貴想道，與印度巡捕對立著持久總不是好事，還是以逃跑為妙，便一面仍舊舉著手槍，威逼著印度巡捕不敢移動，一面一步一步地退至轉角的地方，轉身就跑。這時他也不知道印度巡捕是否在後面追趕，但他卻拚命地往前跑，一步也不敢怠慢。他似乎遙遠地聞著警笛，似乎這警笛的聲音就從那個印度巡捕的地方所發出來的，於是他未免有點慌張，覺著情形有點不利。但是因為已經跑得很遠了，印度巡捕絕對不會追趕上來的，於是他覺得又可以放心了。他跑得滿身是汗，只是喘氣，最後他不得不停住了。已經跑到了什麼地方，在夜裡，阿貴辨別不出來。這一條街道似乎是很僻靜的，阿貴沒看出有一個行走的人影。他找一塊靠著牆的水門汀砌成的階沿坐下，覺著非常地疲倦。兩眼只是想合起來，雖然用力阻止，但結果是無效。阿貴入於半睡不睡的狀態中了。忽然他如夢初醒也似的，驚嚇得一顆心只是勃勃地跳；他覺得他是太疏忽了。「如何能拿著一支手槍在街上睡覺呢？如果被人家看出來了，那時將怎麼辦？若手槍被人偷去或是奪去，那豈不是什麼事情都完了嗎？……」阿貴想到此地，不禁責備自己做事太荒唐了，幾幾乎誤了正事。他用手又將手槍全身摸了一摸，覺著它還是依然無恙，不禁又很滿意。但是兩隻眼皮只是不聽阿貴腦筋的命令，拚命地要合攏起來，這真是討厭的事情。將手槍放在衣內罷，可是阿貴穿的是一套短衫褲，實沒有地方可以把手槍藏起來，而不使人看見。用一張紙把手槍包起來罷，但是在夜裡到什麼地方去找紙呢？……阿貴想來想去，想不出一個妥善的辦法。「把小褂子脫下來罷，將手槍放在小褂子內包好，豈不是很妥當麼？」這一種思想最後把阿貴的困難解除了。他將手槍用小褂子包好之後，便放在腹部與大腿的中間，並用袴帶繫好，使它不致於被人偷去。這樣，阿貴可以安然地讓著自己的眼皮合攏了。小褂子脫下之後，阿貴的上身完全是赤露著，幸而是在暑天的夜裡，不感覺什麼寒冷。可是也就因此，阿貴赤露的身體，不免要大受蚊蟲的侵害了。阿貴始而還用兩隻手驅逐蚊蟲，可是因為睡神的催促，也就慢慢地，昏昏地，走入夢鄉了。

……阿貴走到一處不知名的所在。周圍是起伏的山丘，滿山丘都繁殖著美麗的、鮮豔的花木。山丘的腳下，平鋪著一望如鏡的湖水，湖水上飄浮著許多幽雅的小舟，小舟上坐著快樂的男女。樹林深處，顯現著高聳的樓閣，似乎那裡住著的是隔絕了塵世的仙人。阿貴徘徊在綠湖的岸邊，恍惚不知何來，更不知何去。一陣一陣的薰風吹得阿貴神清氣爽，彷彿如升上了天。

四　靈魂

「這到底是什麼地方呢？」阿貴一面瞻眺，一面想道，「我從沒有來過這個地方。這恐怕是仙境罷？這恐怕就是所說的天國罷？這個地方真好，就是在此地能住一天也是好的！世界上也有這樣好的地方，我真是料不到呢！從前也聽說過什麼仙鄉，什麼天國，但總是不相信實有其事，不料現在我卻身臨其境了。」阿貴不禁微笑著而快樂起來了。目前的奇異的景物，清爽而芳香的空氣，從樹林中飛揚出來的鳥語，小舟上的幽婉而愉快的歌聲……這一切使得阿貴忘卻了自己，忘卻了人世。

「莫非我也成了仙了麼？……」阿貴正這樣在沉思的當兒，忽聽見有一個很熟的聲音在喊他：

「阿貴！阿貴！到這邊來呵！」

接著又聽見一個女人的聲音：

「快過來罷，我們在等你呢。」

阿貴不禁有點奇怪起來了。這裡是仙鄉，這裡是天國，怎麼會有人認得阿貴呢？……阿貴滿腹地狐疑起來，很有點畏怯也似的，慢慢地將臉轉過左邊來，搜尋喊他的人的所在；他不敢遽行答應。離阿貴站立著的地方，有百步之遙，靠著山坡腳下的一條長的靠椅上，坐著一男一女，這時正向阿貴招手呢。阿貴始而不相信自己的眼睛，以為是看得花了，但是詳細地審視一下，覺著第一眼並沒有看錯。

「這卻奇怪了！他倆為什麼在這兒呢？他倆不是已經死了嗎？……我難道說遇著鬼了不成？……」阿貴一邊想，一邊將兩足慢慢地移動，走向這兩個人的地方。等到只有幾步距離的時候，阿貴還是不敢開口，生怕認錯了人。

「啊哈！阿貴，你也來了嗎？」那個年輕的男人先立起身來，這樣地歡迎阿貴說：「久違了呀！你還記得我嗎？啊？」

阿貴這時也連忙快走幾步，走向那人的面前，將他的兩手握著，很歡欣地說道：「原來全發哥你在這裡呵！你近來好嗎？我真掛念你呢！」

「阿貴！你還認得我嗎？」那個女子依舊坐著，這樣微笑地問阿貴。阿貴連忙將李全發的手放開，走向女子的面前說道：

「沈先生！我怎麼不認得妳呢？我是永遠忘記不了妳的，妳曉得嗎？唉！沈先生！妳知道我是怎樣地紀念著妳呵！……」

阿貴說到此地，不知怎的，覺著臉上有點發燒了。他將頭低下，輕輕地，如同膽怯也似的，繼續向沈玉芳問道：

「沈先生是同全發哥一塊兒到這裡來的嗎？來了很久了嗎？」

沈玉芳點一點頭，笑著說道：

「是的，我是同全發一塊兒來的。你曉得嗎？我同全發已經結婚了……」

阿貴覺著臉上的火更燒得厲害了。一顆心只是跳動著，似乎又有點發痛；這時阿貴才明白自己是在愛沈玉芳，並且愛情是很深的；現在她說她已經與全發結婚了，這實在給他一個很大的打擊。雖然阿貴承認沈先生與李全發是很相配，是很好的一對伴侶，但是阿貴是在愛她呵！……阿貴無論如何不能不起一點醋意。他抬起頭來向李全發瞟了幾眼，似乎嫉妒他的幸福，但即時又覺得這是不應當的事情。

「阿貴！你應當替我們道喜呵！」李全發很得意地說。

「是的，我應當向你們道喜。」阿貴說這話時，帶著一點哭聲，現出異常可憐的樣子。但他轉而一想，以為自己這種態度是不對的，便強作鎮定的樣子，向他倆笑著說道：

「你倆真是有福氣呵！」

「這也是由心血換來的呵！」李全發將阿貴拉到與自己並排坐下，說道：「你知道這裡是什麼地方嗎？」

阿貴搖一搖頭，表示不知道。李全發繼續說道：

「這裡是革命黨人的天國。凡是在人世上，為著窮人，為著大多數人爭自由，為著反抗統治階級的壓迫，而被犧牲了的一些革命黨人，都到這裡來，都住在這裡。阿貴你明白了嗎？你看這裡好不好？山是山，水是水，花是花，鳥是鳥，該多麼美麗呵！這裡是很平等自由的，什麼壓迫都沒有。你看，那些小舟上的唱歌的男男女女，他們生前都是很英勇的革命黨人呢。這裡只有很英勇的、很忠實的革命黨人才能來，其他的人是不能夠的。」

李全發環視了一下，停一兩分鐘後，又繼續面對著阿貴說道：

「阿貴，你曉得嗎？只有像我們這一類的人，才配入這美麗的天國。我們的靈魂是純潔的。我們只知道民眾的利益，為著正義奮鬥，什麼犧牲、艱難、危險都不怕。阿貴，你說可不是嗎？」

阿貴點一點頭。這時坐在阿貴左邊的沈玉芳忽然笑道：「全發！你真不害羞，在這裡表功勞呢。你曾做出多少有益於人類的事來？」

阿貴轉過臉來，看見沈玉芳向李全發說話的神情，是異常地溫柔、親密，宛然他倆是一對很和愛的夫婦。這又不禁引動了阿貴的嫉妒和羨慕，但阿貴即時又把這種情緒按下去了。他恐怕他們覺察出來他這時的心境，便連忙接著向沈玉芳說道：

「沈先生！全發哥所說的話是真的呢。只有像你們這一類的人才能進入天國，尤其是沈先生妳……」

阿貴笑著不說了。沈玉芳似乎沒聽見阿貴的話，這時她的目光注視著湖水的波紋，大約在想什麼。阿貴又轉過臉來望一望李全發。李全發帶著滿臉的笑容，很有趣地望著那對面山丘間的亭閣。三人都沉默下來了。阿貴趁著這沉默的機會，仔細地將他倆瞟視了一番，見著他倆還是原來的模樣：沈玉芳穿著女學生的裝束，白的上衣，青的裙子，顯現得是異常地素雅；她的面孔依舊是很清瘦，然而在清瘦中，顯現出有一種很壯健的神氣；笑咪咪的兩眼依舊是從前那般和藹而可愛。李全發的裝束還是工人的模樣，這時穿著一身很潔白的小褂褲，面容依舊是從前那樣白皙中帶著微微的紫黑；他的兩隻大眼炯炯有光，顯現出他是一個很精明強幹的青年。

「他倆難道說成了仙不成嗎？」忽然阿貴腦中起了一層波紋，很狐疑地這樣想道，「此地真個是天國嗎？我為什麼也來到此地呢？我難道說也成了仙不成嗎？難道說我已經離開人世了？奇怪得很！……」

「阿貴，你在想什麼呢？」李全發忽然將阿貴的右肩拍了一下，這樣地問阿貴一句：阿貴受了一驚，不禁忘卻了適才的疑思。他想問李全發許多話，但一時想不出，只得兩眼帶著疑問的神氣向李全發注視著。李全發笑著繼續說道：

「你看，這天國裡真個是與人世不同罷。我們雖然為著勞苦的群眾而犧牲了性命，但是我們的純潔的靈魂，卻能夠享受這天國的幸福……」

阿貴不等李全發的話說完，便插著問道：

「那些作惡的人呢？他們生前作威作福，壓迫窮人無所不至，難道說死後都到地獄裡去嗎？地獄又在哪裡呢？」

「作惡的人自然都到地獄裡去呵！他們的靈魂永遠是不會解放的，永遠埋在很臭很臭的糞堆裡。你曉得嗎？地獄在我們腳底下的一層，我們永遠立在他們的上邊。」

「算了罷，全發！」沈玉芳態度很嚴肅地插著說道，「這些話有什麼多說頭呢。我

四　靈魂

們的責任是在將人類完全改變好，將人世也造成天國一樣，阿貴，你說可不是嗎？我們現在在天國裡享福，這並不算什麼很光榮的事情，因為人世間還同地獄一樣呵！阿貴！你回去努力罷！努力罷！這裡不是你所應當留的地方。你忘掉你的責任了嗎？張金魁還在那裡繼續害人呢！你的父母在吃苦，你的工友們在受壓迫，你難道都忘掉了嗎？去罷！去為我們復仇，去為被壓迫的人們復仇，去為你自己復仇，趕快去罷！……」

沈玉芳正在立起身來的當兒，阿貴忽然聽見一聲巨大的吼聲，接著就吹來了一陣狂風，不禁驚嚇了一跳。轉眼間，沈玉芳、李全發都消逝了影子；那起伏的山丘、平靜的湖水、美麗的花木……都不知飛到什麼地方去了。阿貴定一定神，將兩眼用手揉一揉，詳細地審視一下，原來自己坐在階沿上，一輛汽車經過他的面前，去向還不甚遠。天色已黎明了，街上已有了稀疏的來往的行人。對過的店家正在那裡卸門，走出來了一個頭髮蓬鬆，衣服不整的女人。阿貴慢慢地才明白，原來適才從夢中醒來。夢中的景象還是縈回於腦際，回憶起來覺著非常地偷快，阿貴願意長此地回憶下去。沈玉芳的微笑、花木的香氣、山水的清幽……呵，頂好是長此地回憶下去！忽然阿貴的一顆心顫動起來，恐慌得異常，如同遇著了什麼可怕的、危險的事情。他幾幾乎要叫出聲音來：「我的，我的手槍呢？」等到用手摸一摸小褂子，這才放了心，如得了救星也似的。

在他面前經過的行人，有的很驚奇地瞟看他，有的很平常地把他當作乞丐，不注意地瞟他一眼，也就無事地走了。最後走來了一個十三四歲模樣的赤著上身的小孩子，在微笑著審視了他幾眼之後，很輕視地說道：

「癟三！你還沒睏好嗎？巡捕來了，謹防吃生活。」

阿貴想站起來給這個小孩子幾個耳光，教訓教訓他不該認錯了人，但是不知為著何故，僅僅地帶著恨看了小孩子幾眼，便低下頭來不去理他。小孩子見著這種神情，也就不則聲地走開了。

「天已經亮了，我到什麼地方去呢？」阿貴很不願意地這樣想道，「老坐在此地，終久不是事情，我應當去找張金魁去……」阿貴想著便立起身來了。他很小心地又復將小褂子捲一捲拿在手裡，生怕露出什麼痕跡來。他開始挪動腳步，但究竟應向哪一個方向走去，連他自己都不曉得。大約走了幾十步的光景，已經到了小菜場的跟前，

四　靈魂

這時賣菜的鄉下人已經上市了。小菜場內漸漸地起了噪雜的聲音。在阿貴的前面一個鄉下人挑著一擔黃瓜走向小菜場去，阿貴見著了竹籃內的黃瓜，不禁覺得肚餓而且口渴，想順手拿一條吃一吃。但阿貴終於不敢嘗試。等到用手向腰間摸一摸之後，他更為失望了，身邊連一個銅板都沒有！黃瓜有巨大的吸引力，阿貴的兩眼只向竹籃內盯視著，口中幾幾乎淌下了涎液。賣黃瓜的人覺著有人在他後邊跟著，回頭望一望，見著阿貴的一副餓鬼的形象，便停住腳步，向阿貴開口罵道：

「癟三！你跟著我做啥事體呀？哼！謹防吃生活！」

阿貴也停住了腳步，將兩隻眼向賣黃瓜的人翻了幾翻，但終於沒說出什麼。賣黃瓜的人罵了之後，又繼續著走自己的路；阿貴很痴呆而又憤恨地目送了他幾步，想趕上前去將他的擔子踢翻，並且痛快地打他一頓，但想了一想，也就把念頭打消了。「如果我能得到一條黃瓜吃一吃呵！……」阿貴越在黃瓜身上著想，越覺得肚餓口渴，從口中要淌出來涎液。這時對於阿貴，一條不值錢的黃瓜，簡直比什麼人參燕窩還寶貴。「唉！……」最後阿貴嘆了一口長氣，轉過身來，向右邊的一條街道走去。

街上的聲音逐漸鼎沸起來：汽車聲、馬車聲、行人的說話聲……混合成了一片轟轟的煩雜的音樂。在街上來往無數的行人中，阿貴是一分子，但別人是因為有事，——也許是上工，也許是買東西，也許是……但是阿貴就如遊魂也似的，清早就在街上行走，到底是因為什麼呢？阿貴自己沒想到這些，更沒有心思顧及到別人的閒事。這時所擾亂他的，就是一個問題：肚子餓了和口渴了的問題。阿貴很想不再想關於黃瓜的事情了，但是黃瓜的魔力在引誘他：黃瓜！黃瓜！黃瓜呵！……阿貴低著頭，一邊走，一邊總是想著黃瓜，那又可以充飢，又可以止渴的黃瓜。已經走到什麼地方來了，現在在哪一條街上行走，阿貴都不曾注意。忽然一陣什麼香氣，衝到阿貴的鼻孔來；阿貴停住腳步，向四外望一望，原來他走到一家燒餅店的門口了。一個老頭子和一個小孩子正在爐上烤那又香又酥的油餅，這不禁給了阿貴一個很大的刺激。燒餅店的樓上就是茶館，阿貴隱隱地聽見飲茶人的談話和茶杯的響聲。小孩子等油餅烤好了之後，便拿了一盤，送到樓上去了。阿貴知道，這是送給樓上飲茶人做點心吃的。在這裡可以解決肚子餓了和口渴了的問題，阿貴不妨也走上樓去。但是阿貴身邊連一個銅板都沒有，有的只是一支手槍，但手槍在這裡當不得錢用，而且不能被別人看見。於是阿貴只得遠遠地望著那又香又酥的油餅，而僅聞聞它們撲鼻的香氣而已。

忽然有人將阿貴的右肩用手拍了一下，將阿貴嚇了一跳。接著一個很熟的，同時又是一個很可討厭的面孔，在阿貴的面前呈現著了。這是一個形似工人模樣的，三十幾歲的中年人，身上穿著一套山東綢的小褂褲；大而不正的口中露出幾粒金牙齒，兩眼射著狡獪而邪鄙的光，一望而知道是一個心術不良的小人。阿貴剎那間不知所措，只將兩眼向人愣著。這人還是將右手放在阿貴的左肩上，故意做著很親密的樣子，笑道：

「阿貴，你在這裡嗎？我正要找你呢。」

阿貴沒有回答他，接著他又說道：

「聽說你被廠裡開除了，我心裡真掛念得很呢。我有很重要的話同你講，不料在這兒遇著你了。好極了！我們上樓吃一杯茶罷。」

阿貴一言不發，形似木偶一般，隨著這人上樓；心中卻狐疑不定：這人與阿貴從沒發生過關係，同時阿貴知道他是一個很危險的壞人，現在忽然莫名其妙地向阿貴表示好感，這到底是一回什麼事呢？葫蘆裡到底賣的是什麼藥？他有什麼話要與阿貴講？在阿貴身上起了什麼念頭？……但是阿貴雖然滿腦子裡起伏著疑惑的波浪，同時卻又很高興：上樓喫茶，這意思就是說阿貴現在可以解決自己所不能解決的問題了。

上了樓之後，撿了一個臨街的位置坐下。這人很闊綽地將茶房喊到面前，吩咐吃什麼茶，要多少油餅，倘若另外有什麼點心也可以拿來。阿貴見著他那種神情，很覺得討厭，但是因為要解決自己肚子的問題，也只得等著看他的下文。阿貴很知道他的歷史：他曾在S紗廠當過工頭，後來工頭不做了，變成了一個官廳的包探；現在他是一個官立的紗廠工會的委員……在最短的時間，阿貴不能將他的惡跡一一地回憶起來，因為他的惡跡太多了。他雖然與阿貴沒發生過直接的關係，但他是阿貴所最恨的人中之一。如果今天不是阿貴餓了、渴了，那阿貴一定是要拒絕與他同一張桌子坐著。

阿貴還是繼續沉默著，與他同桌子的人似乎一時也找不出什麼話來說。等到茶房將茶和點心都拿來了的時候，這個為阿貴所討厭的人，才殷勤地向阿貴笑道：

「吃呵，阿貴！別要客氣呵！我們都不是外人……」

當阿貴伸手拿油餅的時候，忽然覺著有點羞辱，臉孔不禁紅將起來。這對於阿貴的確是意外的事情：他，一個為阿貴所討厭的人，一個無人不知無人不曉的壞蛋，現在居然向阿貴施恩惠，請阿貴吃東西，而阿貴也就靦顏地不加拒絕！這簡直是羞辱，羞辱，羞辱呵！……阿貴一剎那間覺著實在太羞辱了！但因為肚子太餓了，阿貴終於拿起一塊油餅向口裡送去。

「阿貴！」這個為阿貴所討厭的人一邊喫茶，一邊繼續向阿貴說道，「我聽說你被廠裡開除了，我心裡真不安呢！不料他們也把你開除了，這真是不應當的事情。昨天我見著了張金魁，還把他罵了一頓，阿貴，你曉得嗎？」

「盛才……盛才先生！」阿貴不知怎樣稱呼他為好，躊躇了一忽，才說出了先生兩個字來。「承你的好意，我謝謝你。」

「阿貴！別要說客氣話罷！我們都不是外人，說什麼謝不謝呢？真的，我聽說你被開除了，心裡實在有點氣。昨天我向張金魁說，阿貴是一個很忠厚的孩子，就是有什麼不對的地方，也應當原諒一點才是，怎麼就把他開除了呢？他說，只要我李盛才擔保，那他張金魁還是可以把你王阿貴收回廠裡去的。我說，我自然是可以擔保你的。阿貴，你願再進廠裡去嗎？」

阿貴沒有做聲。李盛才不顧及阿貴臉上的表情，還是繼續很得意地說道：

「阿貴，你或者不知道我李盛才是什麼樣子的人。不瞞你說，我的良心是再好沒有的了。只要我能幫助人家的時候，我都盡力幫助。我看你是一個很忠厚的人，所以我硬要張金魁把你重新收回廠裡去。」

李盛才說到此地停住了，兩眼望著阿貴，似乎等待阿貴表示對於他的感激，但是阿貴低著頭喫茶，在形式上很冷淡地對於李盛才所說的一切，在內裡卻暗暗地想道：

「我再進廠和不再進廠與他李盛才有什麼關係呢？他這樣地幫助我，到底懷著一種什麼意思？他說他的良心很好，我的乖乖，他的良心真好！他只當作我不知道他是什麼人呢！……」李盛才雖然沒有得著阿貴表示感激的回答，但他以為阿貴是一定很感激他的。被廠裡開除了，這是怎樣大的災禍！李盛才能將阿貴重新轉到廠裡去，這對於阿貴是何等大的恩惠！阿貴不但要感激他，而且要永遠地懷念著他而不忘！……本著這種意思，李盛才並沒覺察到阿貴對於他起了什麼疑慮和輕視。吃了一個油餅，吞了幾口茶之後，他轉入了教訓的態度，繼續向阿貴說道：

「不過阿貴你的年紀很輕，年輕人做事總有些錯誤。你這一次被廠裡開除了，固然是張金魁的糊塗所幹出來的，可是你也有些不對的地方。譬如你同他們組織什麼工會哪，說一些資本家不好的話……老弟，莫怪我說你，這實在是不對的事情。我知道你很喜歡革命，今年春天你同李全發幾幾乎天天在一道兒，向工人宣傳什麼增加工資、減少時間、反對資本家……那時我想勸勸你，可是怕你不相信，所以我也就沒做聲。好，到後來革命革得好，李全發把頭都革掉了，你說這倒何苦來！我老實向你說一句，什麼革命不革命，這都是瞎鬧，千萬別要上他們的當！老弟！我們千萬別要做豬頭三！革命把頭革掉了，那才不上算呢。我們活著不好，要去把頭送掉幹嘛呢？什麼革命革命，老實向你說，只有豬頭三去做這種傻瓜的事情。你看看，李全發因為革命把頭送掉了，這倒何苦來呢？啊？唉！因為什麼革命革命的，也不知死了多少豬頭三！」

「盛才先生！」阿貴忽然抬起頭來，向李盛才問道：「你現在不也是天天在喊革命嗎？」

「哈哈！」李盛才笑起來了。他的金牙齒在阿貴的眼中放光，這更增加了阿貴厭惡的心情。「阿貴！你真太老實了！你難道不懂得現在我們口中所喊的革命嗎？哈哈！我們的革命是很安全的，越革越有好處，越有錢用，不像李全發的革命把李全發的頭都革掉了。革命也有許多種類呢。如果你王阿貴跟著我一道兒革命，那我保管你永遠不會被廠裡開除，而且弄得好，也可以得到一個小官做做，多弄幾個錢用用。老弟！你曉得嗎？人一輩子頂要緊的，是快活快活；能夠弄錢的時候，就多弄幾個錢快活一下，旁的什麼都是狗屁！現在是我們弄錢的時候了，只要能弄到錢，管他媽的什麼革命不革命。我現在也天天喊著革命，可是我們的革命是官的，不但沒有危險，而且可以升官發財，這種革命，阿貴你說，何樂而不為呢？」

阿貴聽了這一片話，又見著李盛才那種得意的神情，不覺異常地憤恨，想打李盛才幾個耳光，教訓他一番，但轉而一想，又覺得不值得。李盛才仍然沒有覺察出阿貴的意思，還是繼續說道：

「阿貴！現在是我們快活的時候了。一個人在世上應當放聰明些，別要太拘板了。李全發何嘗不是一個好人呢？可惜他走錯了路，結果弄得糟糕之至。阿貴！請你聽我的話是不錯的。你的年紀很輕，還不知道世道是什麼味呢。我勸你把一切什麼革命的思想都拋掉，別要走錯了路。我李盛才雖然不是什麼出色的人物，可是阿貴你看，我現在是很愜意的：現在熱天到了，穿的是綢子做的小褂袴；工會的委員做做，身邊的大龍洋是不缺少的……你看可不好嗎？有的是門路，只要人會找罷了。阿貴！如果你願意的話，我是一定要幫你忙的，那什麼進廠不進廠，還是一件小事。我可以使你有錢用、有好衣服穿，而且可以不受人家的氣。阿貴！我說的是老實話，並不同你開玩笑。我看你是一個很忠厚的人，不忍你走錯了路。要是外人，我能夠對你說這些話嗎？……」

「有的是門路，」李盛才越說越表示出一種得意的神情，而不注意到阿貴對於他所說的抱著什麼態度。「只要人會找，阿貴，你懂得嗎？你現在是很倒楣的，我知道；不過這並不要緊，只要你聽我的話，那即時就可以得到很好的事情做，包管你不愁缺錢用。你的家裡是很窮的，你不但應當多掙一點錢圖自己快活，而且應當多掙一點錢養家。你看你的兩位老人家是多麼可憐！你應當孝順父母呵！……不過你應當明白：那什麼鼓吹罷工、組織工會、要求增加工資、反對資本家，一些傻瓜的事情，不但不能使你得到好處，而且有性命的危險，那李全發是一個例子，其他被捉去槍斃的也不知有多少。老實告訴你，這簡直不是門路。門路是有的，只要你聽我的話。我實在看你是一個很忠厚的孩子，所以很想幫助你。阿貴，你願意我幫助你麼？啊？」

「你說了半天，」阿貴硬忍著火氣，勉強這樣地說道，「我簡直不明白是一回什麼事。你說你要幫助我。你到底怎麼樣幫助我呢？」

「怎麼樣幫助你？我說出來你就明白了。」李盛才將頭伸至阿貴的面前，恐怕別人聽見也似的，輕輕地說道：「我們工會裡現在要找一個人當暗探，專門探聽工人開會等等的事情，薪水是很大的，一個月差不多有三十元的樣子。弄得好，多破幾回案子，還有另外的賞錢。這個差事真是再好沒有了。阿貴，你願意幹嘛？只要我說一句話，這個差事是不會讓別人得去的。我看你是一個很可靠的人，所以我很希望你幹，幫你一點忙。阿貴，你說你願意幹嘛？機會是不可失的呵！……」

阿貴覺著自己心中的憤火在熊熊地燃燒著，無論如何是要爆裂的了。他已經將拿著茶杯的右手縮到桌子底下，預備使力地給他一拳。但恰巧在這個當兒，茶房走來泡茶，並詢問還要添點心麼？……阿貴的決心被茶房所阻止了。李盛才料定阿貴一定是不會拒絕的。三十元一月的薪水，而且另外還有賞錢，而且事情並不困難，較之在工廠內做工，也不知要相差多少倍！阿貴沒有工作了，阿貴是一個很窮很窮的小子。忽然來了這麼一個好差事！阿貴應當感激而泣才是！阿貴應當向李盛才，這個天大的恩人，三叩首！在說了這一片話之後，李盛才也就等待著這個。但是阿貴卻具著別一種心理：不但不覺著感激，而且覺著一種莫可言喻的侮辱。這真是為聰明的李盛才所不能料到的了。

「阿貴」，李盛才沉吟了一忽，說道：「你與張應生認識嗎？」

「我與他是認識的，你問他幹什麼？」

「你知道他住在什麼地方嗎？」

「不知道。」阿貴即時在李盛才的眼光中，明白了他問張應生的意思，不禁替張應生危急。「這小子又在打張應生的念頭了！……」阿貴一邊想，一邊又輕輕地，就同聲音有點顫動也似地，重複了一句：

「我不知道他住在什麼地方。」

李盛才很審問地看了阿貴幾眼，接著便又伸著頭向阿貴輕輕地說道：

「阿貴！你要說實在話呵！如果你真知道他住在什麼地方，你就應當告訴我呵！如果你告訴我，我即時就可以拿二十塊洋錢給你做報酬。好機會是不可以失去的！我一定要盡力地提拔你。阿貴，一個人不能太拘板了！當有錢的時候就要拿錢，不必問到別的事情。況且張應生又不是你的好朋友，何必為著他隱瞞呢？阿貴，你要曉得，你即刻就可以拿到二十塊大洋呵！……」

忽然啪啪的兩聲，阿貴照著李盛才的面孔重重地擊了兩掌。李盛才只顧說話，未提防到這個，霎時間被阿貴擊得昏麻而糊塗了。阿貴掌擊了李盛才之後，即時拿起自己的小褂子很迅速地走下樓去，並沒曾顧及到茶客們對於他的這種行動是如何地驚異。……

阿貴走了幾十步，忽然在擁擠的人眾中立住了腳步。他很失望地自對自地說道：

「我為什麼不把他打死呢？唉！我忘記了！張應生的手槍在我的手裡，他想害張應生，我頂好用張應生的手槍將他打死！唉！我真是糊塗！……他比張金魁還要壞呵！張金魁不過是害了我的身體，並沒曾傷及我的良心；而他卻想用金錢來把我的良心買去。他不但自己作惡，而且要誘惑別人同他一道作惡，真是罪該萬死的東西！」

四　靈魂

五　殺人

從前不敢殺雞，現在居然殺了人！

五　殺人

當阿貴越走近張金魁的住所，他的心越是跳得厲害。一方面，他是很歡欣的：他，一個被人侮辱了的年輕的工人，現在居然能有復仇的機會，居然能向人們面前表示，他王阿貴並不是一個卑怯的弱者，不但不是一個弱者，而且將為一切被侮辱了的人們的表率。倘若他真能將張金魁打死了，那他不但為自己復了仇，而且為沈玉芳和李全發復了仇，而且為一切窮苦的人們除了一個大害，而且這件事情也將要使張應生愉快，張應生將要寬恕他偷手槍的罪過，或者將要對於阿貴的勇敢，發生敬佩的心情。……阿貴簡直是一個英雄！阿貴簡直是一切人們的表率！一個很普通的阿貴，現在將要做出一樁驚人的，非常的事情！這實在是阿貴足以引以為自豪的了。但是在別一方面，阿貴卻又異常地恐懼：倘若不能將張金魁打死，或者自己反被張金魁打死了，或者事情不得成功，而自己反被捉入了巡捕房去，那倒怎麼辦呢？那豈不是要笑死了嗎？那豈不是更給了張金魁一個侮辱的把柄？……阿貴最怕的是這一層！為著要免去這一層的危險，阿貴決定用盡平生的力量，加倍的小心，以期達到自己的目的。

最使阿貴心跳的，那恐怕是阿貴的第三種心情：阿貴從來沒殺過人，這是破題兒第一遭！殺人是何等重大的事情！阿貴從前不但沒曾殺過人，而且也從沒曾想過他將來要有殺人的行動；也許曾經想過關於殺人的事情，但是這不過是一瞬間的事，阿貴不願想，而且怕想。阿貴是一個性情很溫和的人，他自料不是一個殺人的樣子。對於他，殺一隻小雞都是不可能的事情，何況是殺人？但是阿貴現在是走著去殺人了！這不是幻想而是行動，這表明阿貴即刻就要殺人，即刻就要實現那為他從前所沒想到而又怕想到的事。阿貴越走近張金魁的住所，那一種神祕的、危險的、可怕的、非常的事情就來臨得越快。同時，阿貴的一顆心也就為之越跳得急遽了。殺人？殺人是何種非常的行為！但是阿貴即刻就要殺人了！……阿貴一方面自以為是非常地勇敢，但一方面卻又制止不住跳動如擂鼓一般的一顆心，使它略為減少一點跳動的速度。

已經是張金魁的門口了。這是義和里第二弄的第四家，阿貴雖然沒有抬頭審視門牌的號數，但是阿貴知道很清楚，這是張金魁的住所，不會有什麼錯誤。阿貴走到張金魁門口的當兒，向弄內的景象看了一看，弄口擺著一個賣餛飩的擔子，賣餛飩的人正在那裡敲著竹板喊著。幾個男女小孩在第六家的門口跳著繩索，嘻嘻哈哈地遊戲；對過的一家的後門，這時倚著一個年約二十幾歲的女人，出神地向他們望著。阿貴的出現，絲毫沒有驚動他們，他們如毫未覺察著也似的。

已經到了門口了，怎麼辦呢？敲開門進去罷？也許張金魁這時坐在客堂裡，也許睡著還未起來，也許摟著小老婆說笑……既然來了預備打死敵人，既然到了敵人的門口，不進去還有何說！阿貴知道自己不應當再有什麼躊躇，時機到了，還待何時？但是一顆討厭的跳動的心愈加跳得厲害，似乎要衝出胸膛的樣子。阿貴三番五次地想舉起手來敲門，但手就同被誰個捆著了也似的，總是舉不起來。阿貴覺得有點奇怪了：為什麼現在一點兒勇氣都沒有了呢？已經預備好了的勇氣，難道都飛跑了不成嗎？怪事！怪事！……

「也許我的手槍放不響呢。」忽然飛來了一種思想，將阿貴嚇退了一步。「放不響，豈不是糟了嗎？我又沒試過，我怎麼知道它能不能放響呢？我應當先試試看！……」阿貴如得了救也似的，很欣幸自己現在能夠忽然想到這一層，否則，說不定要誤事。忽然阿貴聽見門內有人說話，他沒有來得及辨明這是誰個的聲音，便很迅速地走開了。這時賣餛飩的依舊敲著竹板，小孩子們依舊玩著，那個倚著後門的女子依舊望著他們。但是在這幾分鐘的時間內，阿貴的腦筋起了無數層的變化的波紋。

「我以前為什麼沒想到這一層呢？險些兒誤了事！……」阿貴走出弄堂口的當兒，

這樣很慶幸地想著。他很記得吳阿興的事情，吳阿興就是因為手槍放不響，把自己的命送掉了。吳阿興是張應生的朋友，一天大家決定他去暗殺奸細劉大胖子，他也就很欣然地領了使命。在路中他遇見了劉大胖子，如豬玀一般在街上慢慢地行走。吳阿興高興的了不得，機會到了！機會到了！他尾隨劉大胖子至T路轉角的當兒，便趕上幾步，舉起手槍就對劉大胖子背心放去，可是一扣也不響，兩扣也不響……巡捕到了，將他很平安地捉去。你看，這豈不是冤枉嗎？這真是活活的冤枉！吳阿興被槍斃的時候，阿貴還為他灑了幾點眼淚。阿貴很清楚地記得這件不幸的事情。但是誰個又能斷定阿貴不再蹈吳阿興的覆轍呢？菩薩保佑，阿貴現在想到這一層了，阿貴絕不會做可憐的，冤枉的吳阿興第二！

阿貴決定走向郊外僻靜的，無人的地方，去試一試手槍到底能放響不能放響。若能放響，那是再好沒有的事了，那簡直是沈玉芳和李全發在天之靈！若手槍的機器壞了，那時也只得再想別的方法。難道說就沒有方法結果張金魁一條小狗命麼？張金魁應當被阿貴打死，因此阿貴也就應當找得出打死張金魁的方法！

阿貴走到了一個曠場。在曠場上聚集了很多的男女，圍看北方人的把戲。叮噹哐咚的鑼鼓聲，引誘阿貴也止了步。一種好奇心，也許是一種小孩子式的好奇心，將阿貴引進了人叢，看看玩的到底是什麼把戲。阿貴平素最喜歡看把戲，看那種神奇奧妙不可猜測的把戲：明明是一個箱子，把兩個小孩子放進去，再翻過來看，便什麼東西都沒有了。明明罈口子沒有小孩子頭大，而小孩子能夠鑽進去。明明是一個空壺，而能忽然傾出水來或酒來……這豈不是怪事麼？這豈不是神奇奧妙不可猜測的事麼？阿貴曾經為這些怪事困倦了腦筋，總是想不出這裡的底蘊來。今天無意中他又遇著玩把戲的了。他知道他有重大的任務，不應當在此把戲場中勾留，但是想總是這般想，而他的兩條腿卻自然而然地在人叢中停下了，不受他理性的調度。

眼前是很驚人的一幕：場中放一張木桌，木桌上放一個木製的八角圓圈，圓圈上環插著密密地刀尖向內的鋒利的小刀，中間形成一個圓圈，約略有一個人身圓徑的大小。這時只見一個人赤著胸膊，如燕子一般，飛也似地穿過圓圈，沒有受著一點兒微傷。阿貴不覺暗暗地驚奇。他想道，稍微不當心一點，那這個穿刀的人豈不是要死在小刀尖上嗎？……真是好本事！

阿貴抬頭向周圍的現象一看，覺著對面站立著的一個穿著白夏布大衫的，身量很大的人，只將目光射到阿貴的身上，似乎對於阿貴非常地注意。阿貴有點奇怪了⋯「為什麼他對我這樣目不轉睛地望著？難道說他認得我嗎？奇怪！⋯⋯」阿貴重新將那人審視一下，好像面貌又有點認識。經過一兩分鐘的沉思，阿貴記憶起來了，「原來是他！原來是李盛才的朋友！聽說他現在充當祕密稽查⋯⋯」阿貴覺到有即刻離開把戲場的必要，便從人叢中走將出來。那人見阿貴走開了，便也就尾隨而來。阿貴走了十幾步之後，回頭看看，見著那人尾隨著自己來了，便覺悟到事情有點不妙。也許阿貴與李盛才的事情，他已經曉得了，或者他現在正在偵探阿貴的行蹤，想對阿貴有什麼不利⋯⋯阿貴始而想跑，但即刻便覺到這是無益的事情。距離非常地近，而且倘若那人將警笛一吹，則阿貴無論如何是難於逃脫。「怎麼辦呢？事情是完了！呵哈！就是這樣辦罷！⋯⋯」忽然情急智生，阿貴找到了出路！阿貴在幾秒中大大地聰明起來了！阿貴現在要玩一玩手段了！

阿貴將腳步停住了，以待那人的到來。阿貴將驚慌的神情隱藏起來，很鎮定似地表現出從容不迫的和藹的笑色。那人走到阿貴的跟前了，一雙賊眼很逼緊地向阿貴的身子上下閃射著。

「你先生，我似覺有點認得。」阿貴迎將上來，這樣帶著笑地說。

「是的，我也認得你呢。」這位偵探很冷淡地，同時又是很諷刺地回答阿貴。

「不過我忘記了你先生貴姓。你是李盛才的朋友，可不是嗎？」

「你忘記了我姓什麼，我卻沒有忘記了你姓什麼，不錯，李盛才是我的朋友，一點鐘以前我還見著了他呢。阿貴，你真英雄呀！你居然能打李盛才，你的膽量倒不小呀！」

「他已經告訴了你嗎？」阿貴很自然地笑道：「我恐怕他向你說的是假話呵！我怎麼敢打他呢？他現在是工會的委員，誰個敢不尊敬他！我王阿貴是一個什麼人，如何敢打他呢？不過他太自大了。你先生知道他說了一些什麼話嗎？」

「他說了一些什麼話？」

「說了恐怕你先生也要發怒呢。他說，他李盛才提拔了很多的人，提拔了這個，又提拔了那個，似乎也說到你先生的身上。他說，他現在是工會中的大好佬，誰個都要聽他的命令，他要同誰個的老婆和妹妹姐姐睡覺，那他就睡覺，誰個也不敢說一個不字……你說這不是太吹牛了嗎？太抹煞一切了嗎？在工會中辦事的人多著呢，你先生恐怕也是一個罷，他李盛才哪能這樣瞧不起人呢？我素來看不起他，老實對你先生說！我與其佩服他，不如佩服你先生呢！我看他不如你……」

這位偵探有點笑色了。阿貴見著這種情形，知道他已上了自己的鉤，便更佯作誠懇的樣子，繼續說道：

「他答應我找這事做，找那事做，我看都不過是吹牛，沒有一句可靠的話。若是你先生答應替我找事，那我一定相信你，但是他李盛才，哼，只有鬼相信他！如果你先生要我做什麼事情，那我一定去做，連一個不字都不說。可是李盛才想教我做一點事，那我任餓死都不幹！他太不像人了！」

「這樣說來，我卻錯怪你了，你原來是一個好人。」偵探完全改變從前的態度，很滿意地向阿貴微笑著說道：「真的，李盛才也太吹牛了。他沒有我劉福奎，還有今日嗎？他說他提拔這個，提拔那個，其實他是我劉福奎提拔的呵！他不但不感謝我，而且在旁人面前吹牛，這真是豈有此理呢！」

「是的呵！這真是豈有此理呢！我不曉得，他原來是劉先生你提拔的……」

「可不是嗎！沒有我劉福奎，哪還有他李盛才呢！等我見他面的時候，我一定要罵他一頓！」

「劉先生！這倒不必呢。朋友的感情要緊，可不是嗎？現在我們且說一說正經的事情。劉先生，我問你，李盛才同你說起張應生的事情嗎？說過？我並不是張應生的什麼好朋友，張應生的死活，對於我也沒有什麼相干。老實說一句，他幹那種什麼不法的事情，我很是反對的。我所以不告訴李盛才，張應生住在什麼地方，那是因為我討厭李盛才的原故。現在倘若劉先生你要知道的話，那我可引你去……」

「呵！那真是好極了！阿貴！有賞呢！我們費九牛二虎之力，總是找不到他住在什麼地方，現在你帶我去，那是好極了！你至少可以得到二十塊錢的賞錢！」

「賞錢不賞錢，我倒不在乎，」阿貴冷笑一下，很平靜地說道：「不過請你別要告訴人這是我說的。」

「這個自然！這個自然！請你就帶我去罷！」

「不過現在他們在開會。我可以先帶你到他們開會的地方去。劉先生，他們這些人真聰明呢！他們現在不在屋內開會了，一大批人在屋子內，總是有危險的。現在他們到曠野無人的地方開會。S 園的後邊，那裡就是他們常常開會的地方。現在你願意去偷偷地看看嗎？我們可以裝著走路的人……」

「好極了！我們就走罷！」

他們開始向S園進行，並排地走著談著。這時阿貴的一顆心是很平靜的，而且能很機敏地找出許多話與劉福奎說，說得劉福奎毫不相疑，信以為真。阿貴覺得這對於他自己，簡直是很意外的事情：阿貴素來不是一個會說話的人，現在為什麼能有這些話說？他這時心中的打算是怎麼樣想出來的？……阿貴不禁覺得有點奇怪了，就好像他現在已經變了別一個人，不是先前的阿貴了。這是因為什麼呢？阿貴忽然變成了一個很聰明的人，真是怪事！

已經走到田禾的中間了，四外絕少人影。野外的曠闊，田中禾色的青蔥，南風的溫和，這一切使疲倦的阿貴快暢得許多，不禁一時地為野景所引誘住了。阿貴這時有一種特殊的感覺，似乎領略到自然界的祕密，倘若他會做詩，那他將吟出來很美麗的詩句。但他是一個普通的，沒受過教育的工人，就是有詩意也表現不出來。他只會說出一個字來：好！好！好！

阿貴幾幾乎把他的同路者忘掉了。為什麼他要把這個偵探引到曠野來？他將怎麼樣對付這個偵探？……一瞬間他幾幾乎都忘掉了。他這時只感覺得自然界的美麗。過

五　殺人

慣工廠生活的阿貴，很少與空曠的自然界接觸過，現在偶一接觸，他便感覺到那說不出來的，令人神往的神祕。

「阿貴！如果我們能破壞他們的機關，能把張應生捉住，那我們一定要得到很多的賞錢呢。你的工也可以不做了。」

阿貴對於自然界的領會，一瞬間被劉福奎的話所妨礙了。他即時便想起來了自身的任務。他原來今天到曠野來，並不是為著來領略自然界的美麗呵！……他聽了劉福奎的話，不禁暗暗覺得好笑。破壞機關……把張應生捉住……賞錢……我的乖乖！今天阿貴請你去領賞罷！

「這些事情都要靠劉先生你了。我阿貴不過來幫幫你的忙罷了。」

劉福奎聽了阿貴的話，一雙賊眼快活得要合攏起來了。「阿貴！你真是一個好孩子呵！」

阿貴回他一笑。

「劉先生你前走罷，我要小便。」

阿貴小便後，順手將地上的一塊拳大的石頭拿起來，——劉福奎只顧前走，毫沒覺察到這個。阿貴趕上幾步，對準劉福奎的頭部拚命地擲去，不巧只中了劉福奎的右耳。劉福奎回過頭來，即刻用手向腰間摸索手槍，口中狠狠地罵道：「你這小王八羔子，你敢算計你老子嗎！」

劉福奎已經將手槍拿出來了。阿貴見勢不對，不禁有點慌張起來：怎麼辦呢？跑嗎？來不及了！……阿貴情急起來，也只得連忙將捲在小褂子內的手槍拿將出來。這時阿貴並沒來得及想到這支手槍能否放得響，便舉起來向著劉福奎就放。只聽啪的一聲，劉福奎已經應聲而倒了。阿貴的手槍恰擊中了劉福奎的胸部……

阿貴打死人了，但是阿貴不能即刻就相信真正地把劉福奎打死了。難道說他王阿貴，一個未滿二十歲的孩子，從前連一隻小雞都沒殺過，現在居然能這樣容易地打死了一個人？阿貴實在有點不相信自己！轉瞬間不過經過了一場幻影也似的，阿貴並沒感覺到真的發生了什麼危險的事實。但是劉福奎卻真的死了！……過了一兩分鐘之後，阿貴慢慢地，不十分堅決地，走到劉福奎的屍身前，過細地審視了一番，見著劉福奎真是死了：面色變成了慘白，白夏布長衫的胸部呈現著殷紅的血跡，四肢連動都不一動。劉福奎真是死了！……

五　殺人

「為什麼他的手槍放不響呢？」等到見著躺在地上的劉福奎右手裡的手槍，阿貴不禁有點奇怪起來了。於是躬起腰來將手槍拿起一看，原來是一只空手槍，內裡沒有裝著子彈。阿貴不禁長長地吐了一口長氣，心中暗自慶幸：這大約是沈玉芳和李全發在天之靈罷。他大約今天應該死在阿貴的手裡。

阿貴殺死人了！阿貴這時的一顆心應當很劇烈地跳動。殺人是何等非常恐怖的事情！但是阿貴很平靜的，絲毫不感覺到有什麼恐怖，宛如做了一件很平常的事情。這是何等地奇怪呵，連阿貴自己也不明白這個道理。阿貴大約還記得：那是今年的清節，阿貴的爸爸和媽媽費了幾番的討論，決定將家中所養的一隻雞殺了過節。這對於阿貴的一家，簡直是一個很大的紀念日！殺雞過節，這是從前所沒有的事，但是今年卻開了一個創例！尤其阿貴的小妹妹，因為這件事情，直喜歡得跳將起來。阿貴當然也是很喜歡的。

「阿貴！你把雞殺了罷。」

阿貴的母親命令阿貴執行殺雞的任務，阿貴的一顆心不禁跳動起來，但又不好意思拒絕。阿貴已是快到二十歲的人了，難道連一隻雞都不敢殺麼？那末，他有什麼用處？他應當活活地羞死呵！……結果，阿貴是做殺雞的預備了：左手拿著待死的，極力掙扎的雞，右手拿著菜刀，預備就放在雞頸子上面去。但是奇怪，菜刀只是不聽阿貴的命令，幾幾乎在阿貴的右手中要搖落下來。阿貴試幾試，但終於沒有下手。他的一顆心是那樣跳得厲害！……

「媽！我不敢殺，請妳來殺罷！」

阿貴最後這樣很難為情地向他母親說了。這是過去不久的事情。一個連雞都不敢殺的人，現在為什麼居然能殺人？為什麼殺死了人之後，一顆心毫不感覺到一點恐懼呢？奇怪！這個道理連阿貴自己也不明白！

阿貴如木偶一般，立在死屍的旁邊，注視那慘白的面孔，殷紅的血跡；似乎如有所思，但思想的波紋並不清晰。一支空手槍從他的右手重新落到劉福奎的身邊。

「我應當跑呵！我殺死了人……」阿貴忽然明白了他做了的事情的意義。於是他跑了。跑了幾十步之後，向周圍望了一望，見無來往的行人，便一時地又停住了步。「我應當摸一摸他的身邊，看有沒有什麼東西。」這種思想又引得阿貴回頭走到原地。在劉福奎腰間的荷包裡，阿貴摸出了五元的兩張鈔票、三塊現洋，及一些零碎的銀角和銅元……

阿貴快活起來了。阿貴現在有錢用了。這對於阿貴是意外的賞金，——這不是由於他報告了張應生的地址，而是由於他，王阿貴，打死了張應生的敵人。這幾個錢是小事，而由這幾個錢身上表現出來阿貴對於張應生的功績來，這確是很大的事。阿貴想起張應生來了：他，張應生，也許現在在家裡吃中飯，也許在那裡開會，也許正坐在椅子上低著頭想自己失去的手槍……但他曾料到阿貴用他的手槍，為他打死了他的敵人麼？大約是料不到。阿貴想到此地，不禁很得意地，很矜持地微笑了。

田野間的空氣是異常地新鮮。炎熱的日光為雲所掩蓋住了，所以天氣覺著更為風涼。阿貴覺著，頂好能在這田野間的草地上睡一長覺，但是阿貴還有別的使命，阿貴還沒達到最重要的目的，阿貴不可在此過於勾留。而且他應該遠遠地離開殺死劉福奎的地方，免得發生什麼不幸。而且他現在肚子也很餓了，要回到街上去買東西吃。今天早上始而受了賣黃瓜的人的一場辱罵，後來又很羞辱地吃了李盛才所買的油餅。想起來那真是羞辱！但是阿貴現在有錢了，阿貴現在不但可以買黃瓜吃，不但可以買油餅吃，而且可以進菜館內吃一點較好的東西。阿貴從沒進過大菜館內吃過東西，今天阿貴是可以試一試的了。

當阿貴走到G街的時候，已經是下午兩點鐘了。阿貴聽著了自己肚子內的響聲，急於要尋一家飯館。最後阿貴尋著了：一家大的菜館在街的左邊，它的招牌是「京蘇大菜，漢筵歐席」；與它斜對面的，是一家很蹩腳的小飯館，它的一副小招牌上寫著什麼字，已經腐黑得看不清楚了。問題來了，進大菜館呢，還是進小飯館呢？……阿貴躊躇了一忽，覺得自己的樣子，不像大菜館的顧客，免得進去被茶房趕將出來。而且他，王阿貴從來沒進過大菜館，不知道那裡是什麼規矩；也許那裡的菜名字與普通兩樣，也許那裡是另外的吃法，也許……他媽的，鬼曉得！阿貴有打死劉福奎的勇氣，現在卻沒有走進大菜館的勇氣。

「窮人還是吃窮人的飯罷，」阿貴最後走入小飯館了。阿貴坐下後，要了幾碟小菜，並要了一小壺花雕，——這確是一件小新聞！阿貴素來是不吃酒的，今天居然也吃起酒來！這莫非是他要為自己慶祝勝利麼？

阿貴一面吃酒，一面想著今天下半天所應當做的事情。手槍既然是可以放響了，那末就可以大膽地對付張金魁了。阿貴現在有了經驗，絕不會再膽怯了，絕不會再不敢敲扣張金魁的大門。吃晚飯的時候，張金魁一定回到家裡，就在那時下手罷。哼！張金魁！惡貫滿盈的張金魁！今天你要過你最後一天的生活了！……阿貴想至此地，好生得意起來，不禁痛飲了一杯。阿貴的臉孔不禁有點紅了，充滿了勝利的笑容。

「但是到吃晚飯的辰光，還有幾點鐘呵，在這幾點鐘之內，我將幹些什麼呢？」阿貴忽然想起來了這個問題，不知怎麼樣消磨這幾點鐘的光陰為是。最後，他決定走向大世界去。在那裡他可以很快地度過這幾點鐘很討厭的光陰。而且他很久沒有到過大世界了，現在也不知那裡又添了些什麼新花樣。阿貴最喜歡看的，是那京戲場中的《狸貓換太子》，那雜耍臺上的令人發笑的雙簧。「好！今天趁這個機會去逛一逛罷！」阿貴吃了飯之後，便走向大世界來了。

他先走入京戲場，可惜今天所演的不是《狸貓換太子》，而是什麼《紅蝴蝶》，阿貴未免有點失望。但是阿貴終於坐下了。阿貴想暫時拋開一切的想念，而專注力臺上的演戲，但是阿貴無論如何不能夠。一忽兒他覺得他前面坐著的一個人有點像張金魁；一忽兒他覺得隔座的女人臉上的粉搽得太厚了；一忽兒他覺得他的媽媽在家裡為著想他而哭泣……腦海裡無論如何清除不了這些討厭的印象！因此，阿貴雖然兩眼向戲臺上望著，但他聽不著演唱的聲音，更不能辨明那戲中的情節。阿貴有點不耐煩再看下去了，便走出了京戲場，無目的地在院內逛來逛去。

阿貴只等天黑，只希望電燈快亮！阿貴覺得時間故意同他為難也似的，他需要它走快些，但它總慢慢地折磨人！總慢慢地如胖子走路也似的，討厭！

……天黑了。在大世界的院內，已能看出那沖入雲霄的英美菸公司電燈閃灼的廣告：紅錫包幾個字的底下，那露天的大鐘計時針已經走到六點了。已經是時候了，阿貴應快快地去辦自己的事情。遊逛大世界的人都是閒人，而阿貴卻負有很重要的使命，卻有一件驚人的事情要待他去完成。

阿貴於是走出大世界，而向W路走去，那裡住著張金魁，那裡是阿貴報仇的目的地。

又到了張金魁的門口了。阿貴的一顆心不禁又有點跳動起來。阿貴的兩耳尖起來，靜聽一聽屋內的動靜：客堂內有碗筷的聲音！接著便聽出張金魁的說話。他們原來正在吃晚飯，這正是動手的時機。阿貴應當即刻敲門，敲門進去……阿貴來幹什麼呢？

五　殺人

經過幾次的嘗試，阿貴終於把門敲了。

「是誰個呀？」一個女人的聲音。

阿貴應當怎麼回答呢？答應「我是王阿貴」？不妥！不妥！那時阿貴將進不了門去，而且恐怕張金魁聽了「王阿貴」三個字，即刻便有了相當的防備。

「是我呵！請開一下門，我有話說。」阿貴這樣含混地回答著說。一個女人將門開了，阿貴便走入了客堂。在方桌上橫頭坐著的，正在拿著碗吃飯的張金魁，見著走進來的是王阿貴，不禁兩眼瞪了一瞪，顯現出是異常地驚異。他將飯碗放下了。

「阿貴，你到我家裡來幹什麼呢？」

「我來同你談一談。」阿貴冷笑著說了一句。

「你有什麼事情要說？是不是李盛才叫你來的？」

阿貴點一點頭。張金魁的神情有點平靜些了。他又繼續說道：

「我對於你王阿貴，並沒有什麼惡感，只要你此後不跟著他們胡鬧，我是還可以把你收回廠裡來的。阿貴，你是不是再想進廠裡來呢？」

「我來並不是為著什麼進廠不進廠，我來是為著要結果你的狗命……」

「什麼呀？」

「什麼？我要結果你的狗命！」

阿貴說著說著將捲在小褂內的手槍拿出來了。這時桌的周圍坐著的有兩個女人，一個不相識的男人，他們見著阿貴舉起手槍來，都嚇得跪將下來了。張金魁的膽量總算是大的，雖然有點驚慌，但還能向阿貴低聲下氣地說道：

「阿貴！這又何必呢？我與你並沒有什麼很深的仇恨……」

「沒有什麼很深的仇恨？你這個狗娘養的，你該害死了多少人！沈玉芳和李全發與你有什麼很深的仇恨，你為什麼一定要害死他們呢？你這個狗東西，哪一個工友不恨你！今天我可要代他們同你算帳了！」

啪的一聲，張金魁倒在地上了。這時兩個女人嚇得哭將起來。那個不相識的男人爬到桌底下，連動都不敢動一動。滿室中充滿了煙霧和彈藥的氣味……

阿貴見目的已達，便開門就走。這時弄內的景象還是依然地平靜，大約居民還未來得及覺察到發生了什麼事情。阿貴安然地走出弄口了。走出了弄口一二十步之後，忽然聽見警笛聲，忽然遙遙地聽見弄內喧嚷起來了……阿貴明白事情已經發作了，他

五　殺人

應迅速地逃跑為是。這時弄口湧出了許多人眾，阿貴只聽得他們亂雜地叫道：

「巡捕呵！巡捕呵！」

「殺死了人呵！」

「凶手跑到什麼地方去了呀？啊？」

「快追！快追！」

……………

阿貴聽到了「快追！快追！……」的叫聲，便即刻覺得他們向自己的身後追來，不禁加緊了腳步，慌忙地轉了一個路角。因為跑得太用力了，將一個站街的中國巡捕撞倒了；這個巡捕始而不明白發生了什麼事情，繼而他看見阿貴手持著手槍在前面跑，便即刻吹起警笛，可是他坐在地上，並不起身來追阿貴。阿貴不敢稍微回頭一下，似乎聽見後面追來了的樣子，越加拚命地跑得快起來。也許並沒有人來追他，也許他聽見了後面的馬車聲、電車聲，或者是人力車伕的喘氣聲……就疑惑是有很多的人來追他了。在跑的過程中，他曾與幾個行人相撞，被撞的行人當然要憤怒地罵他，但他卻不顧到這些，只是想保全自己的性命……

最後他跑到一所荒僻的空場，在這裡沒有電燈的閃耀，只有幾個很稀疏的來往的人影。空場上堆積了幾堆磚瓦木板，大約是預備在此地建築房屋的。阿貴找一個黑影比較濃厚的地方坐下，為著使人看不出他的形象。渾身跑得大汗淋漓，手槍的身上幾幾乎為汗水所溼透了。找不出別的東西拭汗，阿貴將小褂當作手巾。阿貴跑得太疲乏了，阿貴應當好好地休息一下。菩薩保佑！阿貴總算是逃脫了！阿貴總算是沒有被一般巡捕豬玀追上！……涼風一陣一陣地吹到疲乏的身上，更覺得異常地舒適。阿貴在慶幸與舒適的感覺裡，想好好地躺在木板上盡量地睡一覺。是的，現在是阿貴休息的時候了！阿貴的目的已經達到，阿貴已經不再對那一隻小黃螞蟻抱愧了！阿貴還有什麼可想的呢？阿貴應當休息了！……

在兩天以前，他，王阿貴，還是一個柔順的孩子，還是一個被人欺侮的工人，不但別人沒有想得到他會有異常的驚人的行為，就是他自己，也沒曾夢到會有今日的事情。在一天之內他殺死了兩個人，而且這兩個人在社會上的地位，比他高得多少倍，這難道說不是可驚的事情嗎？以一個不到二十歲的孩子，而居然做了殺人的凶手！這實是非同小可呵！……阿貴自己想來，也未免有點奇怪！從前不敢殺雞，現在居然殺了人，這其中的祕密，連阿貴自己也想不透。現在的阿貴不是兩日前的阿貴了。阿貴自己覺得兩日前的阿貴已經死去了，永遠地死去了。

阿貴又是何等地滿意，何等地高傲！兩日前，張金魁在阿貴的面前是那般地威風凜凜，聲勢赫赫；是那般地把阿貴不放在眼裡，是那般地欺侮阿貴，而且打碎了阿貴賴以維持生活的飯碗。兩日前，據阿貴所知道的，張金魁是工人中的霸王，張金魁是得意的驕子……但是今天？今天張金魁卻死在阿貴的手裡！張金魁曾害死了沈玉芳和李全發，或者還害死了很多其他的人，但是阿貴今天卻能為這些人們復了仇！阿貴不但不像其他工人一樣，忍受張金魁的欺侮，而且打死了他的仇人。這是何等地足以自豪！……阿貴想到這裡，不禁很愉快地微笑了。

阿貴還記得：那是上禮拜的事。張金魁在工廠的院內，辱罵一個年約四十幾歲的織布間的工人：

「你是活豬玀！做事不當心！……機器弄壞了！……你做的生活很蹩腳！……請你滾蛋，娘個造皮！……」

這個被辱罵的工人，低著頭，很柔順地不敢露出一點反抗的神情。他是那樣地可憐，那樣地卑怯！他結果是被開除了。後來阿貴也就毫沒聽出一點他預備報復張金魁的消息。

想到當時的情況，阿貴現在似乎有點不明白了：一個人怎麼就同豬一般受人辱罵呢？這怎麼能忍受下來呢？難道說他沒有靈魂？難道說他生來就是賤骨頭？只有豬才能無辜地受人宰割，平白地受人辱罵！而人？人應當有點反抗的精神呵！沒有反抗精神的人，那不是人，那是豬呵！……

「如果每一個被欺侮的人，都能像我王阿貴一樣，那世界將變成了一個什麼樣子呢？」阿貴忽然給了自己這麼樣一個問題。阿貴仰著面孔，看一看天上的繁星，很深沉地思索了一忽。思索的結果，他決定了：那時的世界將變成了一個很平等的世界，因為誰個也不敢欺侮誰了。現在的世界弄得這樣地不平等，這完全是因為被欺侮了的人不敢反抗的原故。如果都像我王阿貴一樣，那世界上的什麼張金魁，什麼劉福奎，什麼……一切作惡的人哪能存在呢？

阿貴又給了自己第二個問題：「殺人到底是不是應當的事情呢？」阿貴覺得這個問題倒有點困難了。若說殺人是不應當的事情，那末阿貴今天一日之內殺了兩人，這是很大的罪過了。但阿貴究竟做錯了沒有？阿貴究竟犯罪了沒有？阿貴問一問良心，似乎並不承認自己是做錯了事。若說殺人是應當的事情，那末這樣殺將下去，似乎又有點不大妥當。你殺我，我殺你，這樣將成了一個什麼世界呢？而且人又不是畜生，如何能隨便地殺呢？……

阿貴有點遲疑不決了。阿貴既然不能承認自己是犯了罪，但同時又不敢直捷地決定：殺人是應當的事情。阿貴仰看著天上的繁星，那繁星如晶明的小火球一樣地閃灼著。阿貴似乎要在它們的微光裡尋出答案，但那天空裡只是茫茫地無著，連一點兒聲響也沒有。

「啊哈！沈玉芳先生不是說過嗎？」阿貴忽然想起沈玉芳的話了，這樣很歡欣地自對自地說道：「凡是被壓迫者反抗壓迫者的行動，無論是什麼行動都是對的。既然如此，那末一個被壓迫者將一個壓迫他的人殺死，這事當然也是對的了。壓迫人的人都是壞人，被壓迫的人都是好人，好人應當把所有的壞人消滅掉。就如我王阿貴是好人，自問沒有做過什麼壞事，而張金魁是壞人，他是無惡不作的，我應當把他殺死，為人除害。至於張金魁害死了沈玉芳和李全發，那就是不應當的事了。沈玉芳和李全發是最好的好人，最有用處的人，他倆為著窮人做事，想一切勞苦的人都得到好處。他倆有殺張金魁的資格，而張金魁卻沒有殺他倆的資格。我把張金魁殺死是很對的事呵！……」

阿貴解決了兩個問題之後，覺著異常地偷快。一顆心更為平靜了。這時天上的繁星齊向他微笑，為他慶祝光榮的勝利。不，阿貴不但是一個勝利者，而且成了一個偉大的哲學家。固然，阿貴不知道哲學作何種解釋，他依舊是一個不文明的工人；他就是做夢也沒夢到要做一個什麼哲學家。但是阿貴解決了困難的問題，這個困難的問題為從來最勇敢的哲學家所不敢解決的。

他想道，如果今天晚上，或是明天，他，偷了張應生的手槍的王阿貴，將手槍仍舊送還張應生，那張應生將如何地歡喜呢？如果他告訴張應生他所做的一切事，那張應生又應當如何地表示驚奇！難道張應生能不說一句：「唉！阿貴！你真是好孩子呵！」是的，張應生一定要這樣說！可是這種誇讚，對於阿貴是如何地幸福呵！張應生也居然能夠佩服王阿貴！……

阿貴還要繼續想一些別的事情。忽然聽見有什麼哧哧的聲音，阿貴定神一看，見

五　殺人

有一個人影伏在前面磚堆的底下。「難道是來捉我嗎?」阿貴連忙站起身來，將手槍對準那黑影，做預備開槍的姿勢。

「哎呀！」

那黑影見著阿貴舉起手槍對著他，放出了一聲怪絕的鬼叫。

「阿拉在此地大便，請別要放……」

「真是活見鬼！」阿貴不禁暗自笑道，「原來是拉屎的，險些兒又殺了一個人。」

將手槍放在小褂內捲好之後，阿貴便離開了空場。「真是活見鬼！」阿貴走了幾步，又笑著這麼重複了一句。

六　微笑

他的面孔依舊充滿著勝利的微笑。

「我的觀世音菩薩呵，請祢保佑我的兒子罷！他自從昨天早晨出門，也不知到什麼地方去了，到現在還沒見回來。也不知道他是不是遇著了危險，真把我焦壞了呵！望菩薩祢把他送回來罷！可憐我們兩個老夫妻，一輩子辛苦到老，只有這一個兒子，若有什麼好歹，那我們兩個老夫妻怎麼能夠活下去呢？求菩薩發一點慈悲罷！我自問我一輩子沒有做過壞事，阿貴他又是一個很忠厚的孩子，求菩薩保佑我們罷！如果阿貴能夠回來，那我將買好香燒，天天磕響頭……」

當阿貴悄悄地走到自家門口的時候，即是他的母親跪在觀世音菩薩的神像面前，苦苦地禱告的時候。阿貴見著屋內還有燈光，本待要敲門進去的當兒，忽然想到他自己現在是一個犯罪的人，說不定今天夜裡就有人到他家裡來捉他。他不應當回到家裡來，現在他不應當敲門進去……

也不知是因為什麼原故，阿貴滿腔的，勝利的得意的心情，一走到自家的門口，便什麼都消逝了。他看見夜幕中的矮小的茅屋，茅屋內透出的微弱的燈光，一顆心即時就同被苦水洗了一道，說不出有無限的酸楚。一者他明白不應當敲門進去，二者他也實在沒有勇氣敲門……進去了之後，他將如何與他的爸爸和媽媽說話呢？固然，他的父母見著他們親愛的兒子回來了，將要樂極而泣，寬恕他以往的罪過。他們的盼望，他們的唯一的快樂，就是阿貴快快地轉回家來！但是，試想一想，當阿貴告訴他們兩日的經過，當他們知道阿貴是殺人的凶手……那時的情形將是怎樣的呢！？這種可怕的消息，也許即時要把兩位可憐的老人嚇死。他倆已經是很痛苦了，已經是不幸的了，阿貴不應當再與他倆以可怕的刺激。阿貴為自己著想，為他的兩位可憐的父母著想，還是暫時不進去為好：免得在深夜中，或是在明早的黎明，或是在明日的白天，阿貴當著顫慄的、哭號的、可憐的兩位老人之前，被兵警們活活地捉去。

阿貴雖然是這樣地想著，但是他總不能即時就掉轉頭來，堅決地離開家門。他始而在門前徘徊了一下，繼而他聽著他的母親禱告的聲音。他伸頭向門縫一看：這時他的母親正跪在神像的面前禱告，而他的父親愁眉不展地坐在靠牆一張竹床上，不發一點兒聲響。他的小妹妹，阿蓉，立在母親的旁邊，睜著兩隻活潑的，此時充滿著疑問的眼睛，呆呆地向母親望著，似乎不了解母親那種禱告的樣子，到底因為的是什麼。

「我的菩薩呵！求祢把他送回來罷！只要他回來，只要他回來！……」

阿貴再不忍聽將下去了。阿貴想一下將門推開，跑將進去，跪在他的可憐的母親面前，說些安慰的、親密的話，但是他終於沒有決定。接著他聽見母親磕頭的通通的響聲，這種響聲就如巨大的炮聲一樣，很劇烈地，深深地，震動了他的心靈。

「媽！媽！妳的頭不痛嗎？」

阿蓉很天真地問她的母親。也許母親的頭不覺痛，而這時的阿貴的心，卻痛苦異常。阿蓉的話幾幾乎使得阿貴要哭出來了。

「阿蓉！過來！別要在那裡胡說八道！妳聽見了沒有？」

父親有點發怒的樣子，這樣很嚴厲地命令阿蓉。阿蓉很屈順地離開她的母親，走到父親的旁邊坐下。母親還是繼續地磕著響頭！

這種幕景，阿貴真不忍再看將下去了，便背過身子預備走開。這時，磕頭的聲音停止了，母親似乎立起身來，接著阿貴便聽出談話的聲音：

「也許阿貴明天要來家的。」阿貴父親的聲音。「他身邊又無錢，又無什麼東西，哪能在外長久住呢？唉！這孩子真是渾蛋！就這樣無原無故地跑了！又沒有誰個得罪他。」

「你明天暫且不做生意，出去找一找他好嗎？」母親問。

「妳這才是說瞎話！這樣大的地方，請問妳向什麼地方去找呢？」

「哼！……」

沉默了一忽，阿貴的母親又繼續說道：

「我不相信阿貴就這樣地丟掉了。老天既然不保佑我們發財，難道說連我們的一個兒子都要弄得不平安嗎？我們辛苦一輩子，又沒做過什麼缺德的事。阿貴這孩子該多麼忠厚，難道說得罪了菩薩不成？哼！……」

「媽！阿哥為什麼還不來家呢？」

忽然阿蓉的聲音將阿貴的一顆心，鼓動得劇烈地跳將起來。阿貴覺著他深深地愧對他的天真的、可憐的小妹妹，他在他的小妹妹面前是一個不可赦免的罪人。他覺得他的小妹妹是那樣地可愛，又是那樣地可憐……他想將她抱到懷裡密密地吻她千萬遍，好好地撫摩她的小辮子。

「阿哥跑掉了呵！阿蓉！妳去把阿哥找回來罷。」

母親似乎苦笑地這樣向阿蓉說。阿貴心中真是難過得異常。他想道：「我的媽媽！我的小妹妹！我的親愛的小妹妹呵！阿貴並沒有跑掉，阿貴現在正在門外站著呢。不過他現在不能夠進來了，他已經是一個罪人，是一個殺人的凶手……請你們原諒我罷！原諒我罷！」

忽然昨天的夢境飛到阿貴的腦海裡：一個五十幾歲的，蓄著八字鬍的老頭子，摟著一個至多不過十四五歲的小姑娘，在那裡猥褻地調戲……那小姑娘的面貌漸漸變成阿蓉了……老頭子摟著的不是別的小姑娘，而是阿貴的小妹妹阿蓉……接著阿貴似乎又聽見沈玉芳的話：「阿貴，你曉得嗎？在這個社會裡，窮人家的女子總是要被富人侮辱的，你看你的小妹妹是什麼樣子……」

阿貴的全身不禁顫慄起來了。他又彷彿地覺得：小妹妹與其受人家的侮辱，不如先把她弄死。是的，窮人的女子一定要受侮辱的，阿蓉將來不免要變成為被人侮辱的娼妓……但是阿貴的自尊心不容許這種事情發生，他絕對不願意自己的親愛的小妹妹，很羞辱地，無體統地，被摟在一個五十幾歲的老頭子的懷裡！

「爸爸和媽媽，他倆該多麼可憐呵！」阿貴的思想又轉到他父母的身上來了，「辛苦了一輩子，到現在還是這樣地可憐，真是活受罪！這樣有什麼活頭呢？我看不如死去還快活些。活著有什麼意思呢？天天累得如牛馬一般，反而吃也吃不到一點兒好的，穿也穿不到一點兒好的，這樣活著豈不是活受罪嗎？倒不如死去好些！……」

阿貴的腦海裡霎時間起了一層劇烈的波浪，思路超出了常軌。他決定了：跑進屋內將他們——爸爸、媽媽和妹妹，通通都殺死，免得再受人間的痛苦。那時爸爸可以不推小車子了，也可以不吃紅頭阿三的哭喪棒了；媽媽可以不提著竹籃為人家補衣服了，那一雙紅眼睛也可以不再折磨她了；小妹妹將來也不致於被摟在一個五十幾歲的老頭子的懷裡……等到將他們都殺死之後，阿貴便舉起手槍結果自己的性命，這樣，阿貴的一家人便很快活地進入別一個世界去了，永世脫離這種討厭的、不公道的、痛苦的人世。阿貴想道：「他沒有力量掙很多的錢來養活他的家庭，但是他現在卻有力量把他們殺死，使他們永遠地脫離苦海。」這也許是不大妥當的辦法，但這對於阿貴，卻是唯一的出路。

阿貴是這樣地決定了。

「開門！」阿貴將手槍預備好拿在手裡，而用左手敲門，這樣聲音有點顫動地說。

「誰呀？」

屋內回答的聲音還未十分清晰地傳到阿貴的耳膜，阿貴忽然聽見後邊不遠的地方，有人在小聲地低語，接著便聽見走向他這兒來的腳步的聲音。「難道說是來捉我的嗎？」阿貴一面很驚慌地想著，一面便轉過臉來看一看到底是不是有人來捉他。他看見了幾十步以外，有幾個黑影子正向他這兒悄悄地移動。他即時便明白了：應當趕快地逃跑呵！……

阿貴已經聽見有人開門的聲音，但阿貴顧不得走進門去了。他於是順著牆轉到屋的後邊，刻不停留地就逃跑了。在夜幕中他也沒有辨明方向，只是茫茫然地跑去：經過稻田，經過土丘，踉蹌地跌了許多次觔斗……最後他覺著越跑離城市越遠了；在夜的憧憬中，似乎遍地都聳動著可怕的黑影，顫動著鬼的聲音。他有點害怕起來了。等到他看見從那黑森森的草叢中跳出來幾點磷火，忽明忽暗，忽高忽低，真就同鬼在那裡遊戲也似的，不禁毛髮聳然，更為害怕起來。他很疲倦，本待要找一個地方坐下休息休息，但此時他忘卻疲倦了，便回轉身向那亮的有燈火的城市跑去。

「我剛才回家似乎要做什麼事情，這一跑卻把事情跑忘掉了。……」快要進街的當兒，他放慢腳步，把心神定一定，想回憶起適才他回家的事情。他忘卻了，一時記不起來。「我似乎是預備進門去把他們殺死罷？」最後他是這樣恍惚地記憶起來了，但他卻不相信自己真起過了這種可怕的念頭。

「我為什麼要把他們殺死呢？」阿貴又繼續想道：「他們有什麼罪過？我恐怕是瘋了罷？……兒子殺死父母？哥哥殺死妹妹？這豈不是發瘋嗎？我殺死張金魁，我殺死劉福奎，那因為他們有可殺死之道，因為他們都是作惡的壞人，但是我為什麼要把自己的父母和妹妹殺死呢？他們有什麼罪過？得罪我了不成？真的，我恐怕是瘋了！……險些兒我做了一件大逆不道的事情！我倒要感謝這些來捉我的人，不然的話，我真不知瘋到什麼程度！……」

「真的這不是奇怪嗎？」接著他又想道：「我為什麼忽然起了這種可怕的念頭呢？……啊哈！原來是因為這個道理！他們活著簡直是活受罪，不如死了還快活些！……也許這種念頭是對的？真的，他們活著簡直是活受罪！吃沒有吃的，穿沒有穿的，一天累到晚。小妹妹呢？小妹妹將來難免也要同那些青蓮閣的姑娘一樣……不如早死了還好些！活著有什麼意思呢？但是……」阿貴想到此地，不禁又轉而想道：「這麼一來，那末，什麼事情都不算完了嗎？窮人死光，好讓那些有錢的人活著快活嗎？這不是妥當的辦法。我們應當大家都設法快活快活才是道理呵！」

阿貴想起沈玉芳的話來了。沈玉芳曾在講臺上向學生說過，現在的世界固然不好，快活的太快活了，痛苦的太痛苦了，但是總有一天我們是能夠將它改變的。只要大家明白這個道理，只要大家齊心，只要大家努力……總有一天窮人們可以過著快活的日子！

希望充滿了阿貴的全身心了。總有一天窮人們可以過著快活的日子！這豈不是說一切的窮人們都不要失望？這豈不是說可憐如阿貴的爸爸和媽媽那樣的人，也有過好日子的希望？至於小妹妹呢？也許她還未長得成人的時候，世界已經改變好了，那時將沒有窮人和富人的分別，那時青蓮閣也將沒有了，那時她將成為一個很幸福的，不受人侮辱的姑娘。那時的世界是平等的世界，那時將沒有惡人立足的餘地。

阿貴不禁打了一個寒噤：如果在瘋狂的狀態下，他將他的父母和小妹妹殺死了，那這是一種怎樣大的，永世不能饒恕的罪過！父母和小妹妹本有過好日子的希望，而他卻殘忍地先把他們殺死了，那將是一種怎樣大的不可更改的錯！……

「只要大家努力……」這一種思想救出了阿貴，阿貴現在明白了：他的出路不是自殺或是將全家殺死，而是要努力，如張應生他們一樣地努力。張應生他們是在那裡工作、奮鬥，是在那裡圖謀推翻現在的世界……阿貴應當仿效他們，加入他們的一夥。

「我現在去找張應生去，一者可以把手槍還給他，二者叫他替我找工作做……」在這一種思想之中，他不覺得已經進了街了。這時約略十點多鐘的辰光，街上還沸騰著嘈雜的人聲。阿貴忽見前面走著一個女人，她走路的姿勢、裝束，一切都與沈玉芳的一樣，不過面孔是背著的，看不清楚。阿貴一瞬間快樂起來了，連忙走上前去，想將那女人追上，可是那女人走得非常之快，即刻走入弄堂口內便不見蹤影了。阿貴不禁有點失望，同時又有點懷疑起來：明明是沈玉芳的樣子，一點兒也不差，但是沈玉芳已經死了……她難道沒有死不成？也許這是她的鬼魂？她走得這樣快……

阿貴忽然又覺得前面走著的一個男人是李全發的樣子，便也就悄悄地追將上去，想看一看到底是不是他。那人始而走得很快，阿貴有點趕不上，繼而那人也就走得很慢了；阿貴趕上了他，不敢遽行喊他，只慢慢地湊近他的身旁，偷偷地瞟看他的面孔：不，這不是李全發，這是一個面目很可怕的傢伙！

「真是活見鬼！我今天真莫非遇著鬼了麼？」阿貴讓過了那人，很喪氣地這樣自對自地說道：「也許我要快死了罷？唉！管他娘的蛋！橫豎我現在死也值得了！」

「不！」阿貴又變為很快活地轉而想道：「也許因為我把張金魁打死了，為沈玉芳和李全發報了仇，他倆今天在我面前顯靈也說不定呢。他倆死而有知，一定要感激我呵！」

忽然阿貴赤裸裸的肩背上，覺著從什麼地方落下來幾點水，接著便落得愈密了。阿貴仰頭一看，兩顆豆大的雨點正落到他的兩隻眼睛裡。天上的黑雲深厚地布著，繁星的微光已經沒有了。雨越下得越緊張起來。

阿貴有點著急了：怎麼辦呢？離張應生的住址還遠，而又不能回自己的家去……阿貴正在無路可走的當兒，抬頭見著前面隔不幾家就是一家旅館，便很歡喜地向旅館跑去。

「喂！你有什麼事情？」茶房見著阿貴的那種狼狽的樣子走將進來，便這樣很不客氣地開口問他。

「我要住旅館，幹什麼！」

阿貴也就這樣很硬地回答茶房，茶房將兩眼向阿貴上下打量一下，似乎不相信阿貴有住旅館的資格。

「我們這裡的房間很貴，恐怕你住不起！」

「你這說的什麼話！？我既然來住旅館，還怕房間貴嗎？你怕我沒有錢嗎？」

茶房不得已，將阿貴引到樓上，指著一間房間向阿貴問道：

「你看這一間房子好不好？」

阿貴看了一看，房間並不大，可是布置得很講究：張著帳子的鋼絲床、洗臉臺、紅木桌，桌上擺些茶碗茶壺之類……阿貴從來沒住過這種闊氣的房子，這時心裡未免有點害怕，不知要多少價錢。阿貴還未來得及回答，那茶房又接著很高傲地說道：

「房錢是一塊六角大洋，我們這裡的規矩要先交帳。」

阿貴聽見房錢只要一塊六角大洋，不禁膽大起來了，便很爽氣地向茶房說道：

「就是這一間罷，先交帳就先交帳。」

阿貴很小心地從小褂子上的口袋內掏出兩元現洋交與茶房，茶房又重新上下將他打量一番，好像絕未料到阿貴能夠掏出兩元現洋，不禁表現出一點驚奇的神情。茶房即時將態度改為謙和了：

「請你等一等，我即刻就來打水洗臉。」

茶房說了出去了。阿貴向床上坐下，復向房內望一望，這時說不出來是一種什麼情緒。要說是快樂罷，但他又感覺得無限的愁悶，似乎要痛哭一場才覺舒適；要說是完全愁悶罷，那可也不盡然，他又覺得他得著了什麼勝利，還有一種希望在等著他。總而言之，他一瞬間的情緒是很茫然，不知將怎樣辦。也許他是太疲倦了，他應當即刻躺在床上睡下，但明亮的電燈光，又似乎打擾了他要睡覺的興致。

一忽兒茶房端著洗臉盆進來了。他於是將臉部和上身用熱的手巾揩一揩，覺著異常地清快，不似先前就同黏滯一般地難過了，等他揩完了身子以後，一盆水差不多變成了黑色。

阿貴喝了一杯熱茶，把房門關好，便向床上躺下了。他想即時就入夢，可是種種類類的思想如波浪一般，只向他的腦海裡湧來。一忽兒他想到沈玉芳和李全發的身上，一忽兒想到打死張金魁那時的情景……最後他想到張應生了。他決定明天早晨把手槍送還張應生，並且請求為他找一個相當的工作，他將跟著張應生一塊，死心塌地做那種也許是很危險的事情，然而是極有價值的事情。反正他，王阿貴，是打死人的凶手了，現在只得堅定地走這一條路……

「如果真個在我們的手裡將世界改造好了，那是多麼令人快活的事情呵！爸爸和媽媽也可以不再吃苦了，小妹妹也可以沒有當娼妓的危險了，一切的窮人也都有出頭的日子了。那是多麼令人高興呵！……」阿貴想到此地，不禁好生得意起來，把睡覺的事情忘卻了。

噠！噠！有人敲阿貴的房門。

「誰個敲門？」

「是我，請你把門開一開！」

阿貴有點奇怪了：這是女人的聲音，女人為什麼來敲他的門呢？……阿貴很狐疑地立起身來，將門開開一看，走進來一個脂粉滿面的女子，年紀約有二十二三歲的光景。只見她笑咪咪地，絲毫不客氣一點，就直捷向床沿坐下了。阿貴弄得莫名其妙，只是很奇怪地望著她，說不出什麼話來。

「你喊我來做什麼呀？」

她很獻媚地笑向阿貴這樣問道，這弄得阿貴更加莫名其妙，不禁暗自忖道，「這真活見鬼！誰個喊她來呢？」但阿貴不知道這位女人進來究竟是一回什麼事，不敢即行莽撞起來，便帶著很和氣的口氣說道：

「妳恐怕弄錯了罷？我並沒有喊妳來。」

「哎喲！你喊我來了，你還假裝腔呢。一個人睡覺是太寂寞了，讓我今夜來陪陪你罷，哎喲！你別要再假裝腔了呵！」

阿貴這才明白是一回什麼事。阿貴還是一個童男，從未與女子發生過關係，這時忽然聽見這個女子要陪他睡覺，一顆心不禁即時卜通地跳動起來。怎麼辦呢？怎麼辦呢？……阿貴一時想不出來對這個妓女的方法，只是倚著門痴呆地向她望著。

「哎喲！你別要這樣假裝腔了喲！我來陪一陪你還不好嗎？……你別要這樣罷，就同沒玩過女人也似的。你怕羞嗎？……來喲！來喲！來坐下罷！我同你好好地玩一套劉海戲金蟾……」

阿貴看著這種討厭的、妖媚的怪相，不禁憤火中來，不能再忍默下去，便氣狠狠地走上前來，將她硬拉到門外，轉身將門緊緊地關上。等到阿貴躺到床上之後，還聽見那女人在門外罵道：

「娘個造皮！……赤佬……」

阿貴不禁又覺得好笑起來：這又真是活見鬼呵！她怎麼能有那樣厚臉皮！……

阿貴連連打了幾下呵欠，真是要睡覺了。他覺著應當早些睡，明早好早一點起身去找張應生。他將兩眼閉下了……忽然他又聽見什麼哧哧的聲音，仔細一聽，卻原來是隔壁抽鴉片菸的聲音。阿貴平素最討厭吃鴉片菸的這種事情，他非常恨吃鴉片菸的菸鬼。他以為吸鴉片菸的人是最下等的人，連娼妓都不如。他曾有過一種幻想：如果他將來得勢的話，那他將所有的吸鴉片菸的人，都丟到糞池裡活活地熏死！一個好好的人為什麼要吸鴉片菸呢？吸鴉片菸的就不是好人。今天無意中他又聽見吸鴉片菸的聲音了，並隱隱地聞著鴉片菸的氣味，他不禁又為之氣憤了：「這些人都是豬玀，簡直不是人！簡直是渾蛋透了！」

接著阿貴便聽見隔壁談話的聲音。阿貴始而不注意聽他們說些什麼，後來有個人說話的聲音覺著很熟，這不禁引起阿貴的好奇心了。阿貴於是乎立起身來，走到板壁跟前，照著那裂縫望去。那是極稀奇的一幕：

兩個裸體的男人面對面地並躺在床上，中間擺著一架鴉片菸盤，正各持著菸槍，在那裡努力地吞雲吐霧。一個裸體的女人（她只穿著一條短褲，此外什麼東西都看得見），坐在一個靠左首躺著的男人的背後，為他慢慢地打扇。……

六　微笑

「唉！這些豬玀！」阿貴轉過臉來，這樣討厭地罵了一句，便又走到床邊躺下了。他從來沒看過這種怪現象，今天看見了，不禁感覺得異常地厭惡，且有一點不明白為什麼這些豬玀能夠這樣地不要臉孔，能夠這樣地無恥！兩個裸體的男人，一個裸體的女人，不顧一切的羞恥，簡直是禽獸！呸！……阿貴想到此地，不禁爬起身來，向地板上使力地吐了一口唾沫。

「老李！癮過足些，今晚你好同老六多玩一套。真倒楣！我的小寶貝她今晚不能來！老六！我今晚也揩一點油，怎麼樣？」

「呸！爛舌根的！你說這話不得好死呵！」

「老李！我揩一點老六的油，你願意嗎？啊？」

「你問她，我不曉得……嚇嚇嚇……」

「活見鬼！這好像李盛才的聲音，莫非真個是他嗎？」阿貴聽到最後的一個人的聲音，便又重新立起身來，走向那板壁的裂縫看去：「不是他，是誰個！這個豬玀！」

阿貴看見躺在左首的男人真是李盛才，不禁這樣更加厭惡地罵了兩句。同時，為他，李盛才，打扇的女人表現出來的那種妖媚的、騷動的、無恥的神情，加之她那兩個肥大的乳房搖動的樣兒，使得阿貴不願再看下去了。「這些東西真都是豬玀！」這樣地罵了一句之後，順便向靠著板壁的一張木椅上坐下，不知怎的，似乎再沒有要躺下的心情了。他決定這樣坐著，好聽他們的談話。

「嚇嚇嚇……」

「你們男人總喜歡吸鴉片菸，我不知道這到底有什麼好處。」

「老六，妳曉得什麼！吸鴉片菸與女人睏覺，是世界上最快活的兩種事情。今晚老李癮過足了之後，妳就知道吸鴉片菸的好處了。哈！哈！」

「你這個爛舌根的，總是要說這些討厭的話！討厭！」

「這又有什麼討厭！妳不喜歡這種事情嗎？」

「呵，我已經吸得太多了。來，我的寶貝！給我親一個嘴……嚇嚇……妳知道嗎，我的心肝？剛才阿金所說的話是很對的：吸鴉片菸與女人睏覺，是人生最快活的事情。」

「對呀！」

「你別要亂摸呵！總是動手動腳的……」

六　微笑

「妳這兩個奶子這樣大！哎喲！我的小乖乖！寶貝！……」

「哎喲！痛！……」

「好，我們現在說正經話罷！近來的事情還順利嗎，阿金？關於他們的機關到底設在什麼地方，你調查清楚了沒有？唉！近來很糟糕，又有什麼要罷工的消息……」

「唉！這些豬頭三，他們現在也變聰明了。我很費許多力氣，可是終沒找著他們的機關設在什麼地方。依我想，管他媽的，暫且捉幾個人才講別的話。」

「昨天又槍斃了兩個是不是？」

「你們男人的心真狠！現在隨便殺人，無論誰個捉住了就殺，喂！我的天王爺！真是怕死人！今年該殺了許多人呵！」

「哈哈！妳們女人是不中用的東西！」

「我不明白你們為什麼能夠這樣狠心……」

「心不狠就沒有錢用呀！妳曉得嗎？我的小乖乖！現在的世界還說什麼良心不良心，只要能夠弄到錢，只要有鴉片菸吸，只要有女人摟著，嚇嚇，還問他媽的別的事情！」

「對呀！最要緊的是鴉片菸與女人！什麼良心！要講良心，那我們現在只好去討飯去，只好當豬頭三在廠裡一天做十幾個鐘頭工！妳們女人，只是男人賺錢給妳們用，妳們曉得什麼！老李，你說可不是嗎？」

「真的，她們女人只曉得用男人的錢，其他什麼事情都不曉得。我李盛才之所以有今日，也有鴉片菸吸，也有女人摟，唉！也實在是不容易的事情。我何嘗不曉得人家罵我，說我是害人精，……管他媽的！讓他們罵好了！我還是快活我的！現在是這一種世道：誰個聰明些，誰個就站上峰。現在什麼總長，什麼大人物，口頭上都是冠冕堂皇，其實打開窗子說亮話，哪一個不是一肚子壞心思呢？我的小乖乖！我若是一個規矩人，那妳也就用不著我的大龍洋了。……」

阿貴聽至此地，覺著自己的頭髮都要豎起來的樣子，頭腦子也似乎在發脹。他完全陷入一個萬丈深的、憤恨的、厭惡的、鄙棄的，各種情緒混合的海底。他立起身來在房內來往踱了幾趟，似乎要做一點什麼事情，但不能決定一點要怎樣做。他覺得他不能與這些獸性的人們並存於世界上，尤其是現在，當他，王阿貴，正在這一間房內想著一些光明的、正義的、向上的事情，而在隔壁的房間內居然躺著這一些人類的仇敵，社會的魔鬼，並且他們是很高傲地、平靜地言談著，似乎忽視了阿貴的存在，這對於阿貴簡直是不可言喻的羞辱。阿貴能忍將下去嗎？不，阿貴已經決定了，他不應當與這些人們並存，尤其是不應當並住在兩個房間內。這是怎樣大的羞辱呵！……

在現在的前一刻，阿貴雖然是憤恨這些卑鄙的人們，然也只看見到他們的行動，對於他們心靈的深處，阿貴並沒有深透的覺察。現在他們在阿貴的面前，赤裸裸地把自己的鬼相完全暴露出來，一絲不掛地表現出自己的心靈的深處。唉！這些人們是何等地卑鄙！是何等地微小！同時又是何等地可惡！阿貴明白了：對於這些人們，在世界上只存在著金錢，鴉片菸和女人！只有那可詛咒的獸慾！如果照他們的想像，那世界上將有什麼東西是純潔的呢？喂！這簡直令人顫慄呵！

不！阿貴覺著無論如何，他有消滅這些魔鬼的義務！他深深地覺著而且明白這個……

「張應生這小子真有本事！他媽的！」

阿貴忽然又聽見張應生這三個字，無意中打了一個寒顫。「怎麼？他們又想到張應生的頭上來了！」阿貴為張應生擔起心來了，他要聽一聽他們將要對張應生做些什麼。

「我想，阿金，你應當好好地用點力，一定要設法將張應生捉到。這東西太渾蛋了！把他幹掉，那我們要少做許多事情。張金魁恨張應生算恨透了！他一見面就托我……呵，想起來了，他現在為什麼還不來呢？來了後我們好打幾圈麻雀，消消遣……」

阿貴不禁暗暗地笑道：「這小子還在做夢呢！張金魁已經被我送到老家去了，他還等他來打麻雀呢。我的乖乖！恐怕你的麻雀打不成了呵。」

「唉！他媽的，為著張應生的事情，我今天早晨受了一肚子氣。他媽的！」

「你受了誰個氣呢？」

「唉！真是料不到！今天早晨我遇著王阿貴了，你認識他嗎？他媽的！我好意請他吃點心，順便問一問他張應生住在什麼地方，並且我答應了他二十塊錢賞錢，他媽的，他卻打了我兩掌……」

「真的嗎？」

「不是真的還是假的嗎？我李盛才吃過誰個虧來？今天不料被這個小雜種打了，你說可恨不可恨！反正我碰見了他的時候，我要他的小命，使他知道老子不是好惹的。他媽的！」

「對付這個小東西還不容易嗎？加上他一個罪名，就請他吃一顆外國洋棗。」

阿貴不再聽將下去了，立起身來，即忙走至床前，伸手將裏在小褂子內的手槍取將出來。取出來了之後，將機關扭開，看一看還有三粒子彈，便將門開開，走至李盛才的門前；門原是未上栓的，阿貴不待扣門，已經進內了。這時床上躺著的男人見阿貴舉著手槍進來了，一時間莫名其妙發生什麼事情，便都很驚嚇地立起身來。女人鬼叫了一聲，從床上跌到地上。阿貴不待他們說話，便笑著向兩個男人說道：

「我的乖乖！你要請王阿貴吃外國棗嗎？來，我先請你吃罷！」

兩個男人忽地卜通跪下了，齊向阿貴哀求地說道：

「請你饒我們的命罷！我們與你並沒有什麼冤仇……」

「好，我來饒你們的狗命！」

阿貴一槍將李盛才打死之後，別一個男人便爬到床底下，想逃得性命。阿貴不問三七二十一，彎起腰來，就向床底下放去，只聽「哎呀」一聲，床身翻倒在女人的身上。這時阿貴被一種勝利的愉快所籠罩住了，他覺著他做了一樁驚人的事業，因此，他看見目前的景象，只是呆立著微笑。他勝利了！……

旅館的上下充滿了驚擾的聲音。但阿貴沒有覺察到這個。當幾個武裝巡捕進到房內的時候，他還似乎沒有覺察到，仍然立在那裡痴呆地看著他目前的景物而微笑。

最後他覺察到了：他已經在巡捕們的包圍中，他要被捕了……這時他記起了他的手槍內還有一粒子彈，於是他將手槍對著自己的胸坎一舉，他便隨著槍聲倒了。

但是在明亮的電光下，在巡捕們的環視中，他的面孔依舊充滿著勝利的微笑。……

1927年11月至1928年6月

電子書購買

爽讀 APP

國家圖書館出版品預行編目資料

最後的微笑：受盡壓迫的底層，向死而生的勇氣 / 蔣光慈 著 . -- 第一版 . -- 臺北市：崧燁文化事業有限公司 , 2023.10
面；　公分
POD 版
ISBN 978-626-357-654-4(平裝)
857.7　　112014394

最後的微笑：受盡壓迫的底層，向死而生的勇氣

臉書

作　　者：蔣光慈
發 行 人：黃振庭
出 版 者：崧燁文化事業有限公司
發 行 者：崧燁文化事業有限公司
E-mail：sonbookservice@gmail.com
粉 絲 頁：https://www.facebook.com/sonbookss/
網　　址：https://sonbook.net/
地　　址：台北市中正區重慶南路一段六十一號八樓 815 室
Rm. 815, 8F., No.61, Sec. 1, Chongqing S. Rd., Zhongzheng Dist., Taipei City 100, Taiwan
電　　話：(02) 2370-3310　　**傳　　真**：(02) 2388-1990
印　　刷：京峯數位服務有限公司
律師顧問：廣華律師事務所 張珮琦律師

定　　價：250 元
發行日期：2023 年 10 月第一版
◎本書以 POD 印製